외설

임꺽정

5

마성필 著

원초적 감성을 자극하는
질펀한 이야기 한마당

지성문화사

머리말

　조선을 창건한 이성계는 정권찬탈이라는 불명예스러운 오명을 씻기 위해 과감한 제도 개혁과 피비린내나는 숙정을 통해 대의 명분 찾기에 몰두했다.

　고려와 차별화된 정치의 표방은 세분화 된 신분 제도를 낳게 되었고, 엄격한 신분의 구분은 계층간의 갈등을 심화시켜 결국은 민초들의 항쟁을 불러일으켰다.

　어느 시대를 막론하고 영웅은 난세에 출현하기 마련이다. 백정의 아들로 태어난 임꺽정도 어지러운 시대 상황이 배출한 불세출의 영웅이었다.

　당시의 시대 상황은 몇 년째 계속된 흉년으로 인해 토관들의 착취와 횡포가 극에 달해 있었다. 자연 민심은 흉흉하였고, 전국 각지에서는 화적의 무리들이 불길처럼 일어났다. 그들은 삼삼오오 떼를 지어 몰려 다니며 강탈과 방화를 일삼았다.

　이 소설은 부패한 탐관오리들과 맞서 싸우는 청석골 화적들의 이면에 숨어 있는 주색에 얽힌 얘기들을 그들의 활약상과 더불어 담담하게 그려내었으므로 독자들에게 새로운 재미를 더해 줄 것이다.

저자 씀

머리말

조선을 창건한 이성계는 정권찬탈이라는 불명예스러운 오명을 씻기 위해 과감한 제도 개혁과 피비린내나는 숙정을 통해 대의 명분 찾기에 몰두했다.

고려와 차별화된 정치의 표방은 세분화 된 신분 제도를 낳게 되었고, 엄격한 신분의 구분은 계층간의 갈등을 심화시켜 결국은 민초들의 항쟁을 불러일으켰다.

어느 시대를 막론하고 영웅은 난세에 출현하기 마련이다. 백정의 아들로 태어난 임꺽정도 어지러운 시대 상황이 배출한 불세출의 영웅이었다.

당시의 시대 상황은 몇 년째 계속된 흉년으로 인해 토관들의 착취와 횡포가 극에 달해 있었다. 자연 민심은 흉흉하였고, 전국 각지에서는 화적의 무리들이 불길처럼 일어났다. 그들은 삼삼오오 떼를 지어 몰려 다니며 강탈과 방화를 일삼았다.

이 소설은 부패한 탐관오리들과 맞서 싸우는 청석골 화적들의 이면에 숨어 있는 주색에 얽힌 얘기들을 그들의 활약상과 더불어 담담하게 그려내었으므로 독자들에게 새로운 재미를 더해 줄 것이다.

저자 씀

차 례

속 임꺽정

속 임꺽정

여두령의 수난

이 때 이 광경을 목격한 사람은 다행히도 꺽정의 부인인 백손 어미였다. 백손 어미는 오줌을 누기 위해 우거진 숲을 찾던 중, 한 떼의 남정네들이 부산하게 움직이는 것을 발견했던 것이다.

양 두령과 나 두령에게 시커먼 남자들이 달려드는 것을 본 백손 어미는 숨이 컥 막혔다. 부랴부랴 흑석골 남자들에게 달려가 소리를 쳤다.

그러나 일어나는 사람이 없었다. 그 중에 술이 덜 취한 곽칠성이 부시시 일어나 그 소식을 듣고, 흑석골 패들을 깨우기 시작했다. 그러나 아무리 흔들고 깨워도 한 독의 술을 다 마신 흑석골 패들은 끄덕도 하지 않았다.

"이거 단단히 일이 났군!"

꺽정의 부인은 얼굴이 샛노래졌고, 곽칠성도 당황했다. 우선 아쉬운 대로 곽가의 심부름하는 아이를 도적들이 간 방향으로 쫓게 했다.

곽칠성은 흑석골 패들을 포기하고 자신도 허겁지겁 몽둥이 하나를 움켜잡고 그 뒤를 쫓았다.

"여보게 큰일났네!"

"……."

"무슨 이런 놈들이 다 있어!"

고래고래 소리를 질렀으나 술에 취한 하 두령과 양 두령, 서림까지 끙끙 소리만 낼 뿐 일어날 기색이 없었다.

화가 치민 백손 어미가 자신의 동생인 하왕동의 얼굴을 벼락치듯 후려갈렸다. 그제서야 왕동은 눈을 비비며 실눈을 뜨고 올려다보았다.

"이 사람아! 마누라를 도적질당하고도 술타령이야!"

"아홉…… 누가 마누라를 뺏겨요?"

왕동은 취기가 가득한 얼굴로 하품까지 해 가면서 귀찮은 듯 다시 누워 버렸다.

"나 두령, 양 두령이 맨손으로 짐승같은 놈들에게 납치를 당했대도."

"네? 정말이오?"

용수철처럼 튕겨 올라 온 왕동은 실핏줄이 터질 만큼 눈을 부라렸다.

"벌써 오릿길은 갔을텐데, 이걸 어쩌나……."

다급해진 왕동은 양천석을 깨웠다. 그러나 양 두령 역시 끙끙거릴 뿐 대답이 없었다.

"허…… 지 마누라가 없어졌는데도!"

왕동은 양 두령을 발길로 내질렀다. 그제서야 오만상을 찌푸리고 눈꺼풀을 열었다.

"여편네들이 없어졌어!"

"꿈 꾸었나?"

"정신 못차리고 웬 헛소리여!"

양 두령도 그제서야 심상치 않은 것을 깨닫고 자리를 털고 일어났다.

두 사람은 날쌔게 산 아래로 뛰기 시작했다. 그러나 납치한 자들이 떠난 지 꽤 시간이 흐른 뒤였다.

사람들은 구름처럼 여기저기 흩어져 있는데, 도적들이 어디로 도망쳤는지 알기가 쉬운 일이 아니었다.

한편, 두 여인은 사내들의 손에 들려 알 수 없는 곳으로 끌려 갔다. 소리도 지르지 못하고 그저 남자들에게 몸을 내 맡긴 신세이니 갖가지 생각이 안 들 수 없었다.

이제야 죽었구나 하는 생각도 들었고 욕을 당하고 살아서 무엇하랴 하는 포기하는 마음도 지울 수 없었다.

그러나 한쪽에선 악도 치받아 올라 정신을 똑바로 차려야 한다고 스스로 다짐하고 또 다짐했다.

왈짜패들은 다른 사람들의 눈을 피해 으슥한 숲 속 길만 골라 달음질쳤다. 급경사진 큰 비탈을 가로질러 송도로 향하고 있었던 것이다.

그 중에 제일 나이가 젊고 곱상하게 생긴 사람이 눈에 띠었다. 그는 오늘 일의 장본인임을 증명하듯 힘들게 뛰는 중에도 얼굴에서 웃음이 떠날 줄 몰랐다.

"오늘에서야 천하미인의 몸을 구경하는구나……"

얼굴이 해사하게 생긴 사람이 연신 싱글벙글 하자 옆에 있던 젊은 놈 하나가 불쑥 끼어들었다.

"하나는 절 주신다고 하셨죠?"

"……"

"혼자서 둘을 다 요절내려고 하십니까?"

"글쎄, 가봐서 결정하세."

열 계집 싫어할 남자 없다는 옛말처럼 두 여자 모두에게 욕심이 났던지 쉽게 대답을 하지 않자 젊은 놈은 투덜대기 시작했다.

"일은 저한테 다 시키고서 단맛은 혼자 보시겠다는 겁니까?"

"보여줄 테니 너무 보채지 말게."

"어쨌든 둘 다 진국은 먼저 잡수시겠다는 말씀 아닙니까?"

"……"

"그러지 마십시오. 하나씩 나누면 공평하지 않습니까."

"에이! 좋도록 하게."

"황송한 처분이십니다요."

허락을 받은 젊은 놈이 좋아라 입이 벌어졌다. 그야말로 꿈같은 놀음이 눈앞에 아롱아롱하게 비치는 것이었다.

이윽고, 송도의 학익동 부근에 다 와서야 왈짜패들은 두 여인을 잔디밭 위에 내려놓았다. 여인들은 손발이 묶여 있어 발버둥 칠 수도 없었다. 그야말로 산송장 꼴이었다.

"손발을 풀어라!"

주모자가 소리를 치자 여러 명이 히죽거리며 밧줄을 풀었다. 버선발이 밖으로 드러나면서 흰 발가락이 보였다.

발가락을 본 순간 젊은 주모자는 음침한 웃음을 지으며 다가갔다.

"그만 너희들은 물러나 있거라!"

여러 왈짜패들에게 명령하자, 모두 소나무 그늘 옆으로 피했다. 나 두령의 코앞에 우뚝 선 젊은 주모자는 몸을 으쓱해보였다.

"순순히 내 말을 듣겠지?"

"……"

"만일 내말을 듣지 않으면 더 큰 화를 자초하는 것임을 명심해라!"

키가 후리후리하게 큰 자가 나두령에게 윽박지름과 동시에 덮쳤다.

나 두령의 치마가 꿈틀거렸다. 사내의 손이 치마 속을 헤집고 있었기 때문이었다.

나 두령은 필사의 힘으로 다리를 꼬았다. 사내놈은 당황하지 않고 치마 속으로 손을 넣은 채 웃어제꼈다.

"클클클…… 귀엽게 앙탈을 부리는군."

사내는 서두르지 않고 나 두령의 몸을 천천히 탐해 나갔다. 이것을 본 아까의 젊은 놈이 참을 수 없다는 듯, 주모자에게 한마디 던지고는 양 두령에게 다가갔다.

"나도 그만 실례하겠습니다."

거칠게 양 두령의 배 위로 올라간 젊은 놈은 치마폭을 어루만지더니 역시 한 손을 안으로 집어넣었다.

사타구니에 감촉이 그대로 느껴져 음미하듯 눈을 지그시 감는 순간이었다.

양 두령의 조용하던 몸이 꿈틀했다. 발길 하나가 허공을 갈랐다. 그러자 양 두령의 배 위에서 색을 쓰던 젊은 놈의 몸뚱이가 대여섯 발이나 되게 나가 떨어져 버리는 것이었다.

"아니! 이년이 죽을려고 환장했나!"

여인은 곧 몸을 날려 그 자리에서 벌떡 일어났다. 너무나 빠른 동작에 입을 다물 수가 없었다. 젊은 괴수도 그것을 보고 당황했다.

"이런 고얀 년이 있나."

그러나 그 순간 남자를 한 발길로 걷어차고는 몽둥이 하나를 빼앗아 손에 단단히 쥐고는 쏘아보았다.

"너희들은 뭐하고 있느냐!"

그늘에 있던 여러 놈들을 꾸짖자, 그 중에 우락부락하게 생긴 놈이 주모자의 칼을 잡아 가지고 여인과 마주섰다.

사내가 여인에게 무지막지하게 달려들었다. 양 두령의 얼굴에 슬몃 미소가 스치더니, 몽둥이도 쓰지 않고 다리만 슬쩍 걸었다. 순식간에 칼과 사내가 제각각 나동그라졌다.

다른 놈이 빠르게 칼을 집어들고 다시 달려드는데 이

번에는 비명 소리와 함께 사내 놈이 무릎을 꿇었다. 여자의 나무칼이 남자의 칼 쥔 손목을 후려쳤던 것이다.

이쯤되니 젊은 주모자는 여자를 겁탈하려던 생각이 사라지고 분노가 치밀어올랐다.

"이 머저리같은 놈들!"

고함을 질러댔지만 여자의 칼 쓰는 솜씨에 질린 놈들이 더 이상 달려들지 못하고 씩씩거리기만 할 뿐이었다. 여자 또한 사태가 만만치 않았다. 장정들만 이십여 명이나 되니 함부로 선제 공격을 할 수도 없었다.

한 사람의 여자와 이십여 명이나 되는 남자들과의 말 없는 대치 상태가 지속됐다. 납치한 놈들의 입장에서는 참으로 괴롭고 어처구니 없는 일이었다.

"아무리 계집이 검술깨나 한다고 하지만 이 못난 꼴을 하다니……"

젊은 주모자는 생각할수록 기가 막힌 일이었다. 그러나 여인을 바라보면 매서운 눈초리가 남자들을 능가하고도 남을 만했다. 젊은 주모자도 어쩔 줄 모르고 사태만 관망할 뿐이었다.

"다 된 음식을 앞에 두고 이게 무슨 창피냐……"

그 때 숲 뒤에 있던 왈자패의 한 놈이 살금살금 양 두령의 뒤로 돌아갔다.

양 두령은 이 사실을 전혀 눈치채지 못했다. 그 자는 숨을 죽여 다가가서는 양 두령의 다리를 나꿔챘다. 무방비 상태에서 당한 공격이었다. 아무리 장수라 하더라도 어쩔 수 없는 상황이었다.

양 두령은 그 자리에서 넘어지고 말았다. 순식간에 왈자패들이 달려들어 짓밟고 뭉개며 분풀이를 했다.

"반쯤 죽여놔라."

젊은 주모자는 조금 전에 당한 수모를 생각하자 분이 치밀어올라 명령했다.

분이 어느 정도 사그러지자 다시 욕정의 불길이 솟아올랐다. 여인이 짓밟힌 채 정신을 잃게 되자 다시 육체를 탐하기 위해 다가섰다. 거칠은 망아지는 길을 들여 몰아야 한다는 생각이었다.

그러나 워낙 예상밖의 여인이라 섣불리 건드리다가 또 무슨 변을 당할지 몰라 졸개들에게 사지를 꽉 붙들라고 명령했다.

여럿이 두 여인의 사지를 꽉 붙들고, 두 젊은 사내가 다시 여인에게 달려들었다.

"우리가 먼저 잡숫고 난 다음에 너희들도 차례대로 먹어봐라."

"네, 황송합니다요."

졸개들은 일제히 대답하며 좋아했다.

양 두령의 반항으로 젊은 주모자는 화가 머리 끝까지 치민 것이었다. 두 여인에 대해 일말의 동정도 없이 만신창이를 만들 생각이었다.

젊은 주모자는 나 두령에게 덤벼들고 더 애띠게 보이는 사내놈은 짓밟아 이겨놓은 양 두령에게 덤벼들었다.

양 두령에게 달려든 자가 미심쩍은 듯 주모자에게 투덜댔다.

"이 계집이 죽은 모양입니다."

"죽은 척하겠지…… 안 죽었어."

양 두령의 볼을 톡톡 쳐보고는 반응이 없자 웃옷을 벌려 가슴에 손을 집어 넣었다.

가슴을 천천히 주무르기 시작했다. 뭉클하고 포동포동한 젖이 한 손에 가득 잡혔다. 부드러운 촉감이 느껴지자 억제할 수 없는 욕심이 발동하기 시작했다.

그는 여자의 치마를 거칠게 찢어 내렸다. 치마가 찢겨져 나가면서 남자 특유의 공격적 본능을 더욱 부채질했다.

졸개들은 두 여인의 사지를 단단히 붙잡아 쥐고 두 주모자는 여인들의 배 위에서 씨근덕거리고 있는 형상이었다.

나 두령에게 덤벼든 자도 한꺼풀씩 벗겨내려가는 것이 귀찮아졌는지 치마를 갈기갈기 찢어 버렸다. 찢어진 치마와 속옷 사이로 흰 살결이 부끄러운 듯 드러났다. 거칠게 찢겨 나간 치마와 비교가 되어 속살은 더욱 순결하고 투명해 보였다.

그는 넙적다리의 흰 살을 보자 불같은 욕정이 가슴을 휘감았다.

"좀 참아요……"

마치 아내나 사랑하는 사람에게 밀어를 건네는 투로 중얼거렸다. 사내는 여자의 살결이 드러나기 시작하자, 아무래도 졸개들의 눈초리가 걸렸다.

"고개를 돌려라."

사지를 붙들고 있던 졸개들이 떨떠름하게 고개를 외로 꼬았다.

두 여인의 정조가 땅에 떨어지려 했다. 여인들의 살결이 드러나면서 두 사내의 손놀림도 빨라지기 시작했다.

어느덧 여인들의 가장 소중한 부분이 열리자 그 곳을 향해 행동을 하려고 했다.

그러나 웬일인지 말초신경이 말을 듣지 않았다. 조금 전에 있었던 여인의 검술 때문인지 생각처럼 물건이 움직이지 않았다.

몸과 마음이 따로 놀고 있는 것이었다. 한 손으로 자신의 것을 주물러 보아도 도무지 말을 듣지 않았다.

"씨팔, 오늘 환장할 일들만 생기는구만."

희고 탐스러운 허벅지만 보면 당장에 바위라도 뚫을 것같은 욕심이 가슴에서 일었다. 그러나 실제로는 화선지에 구멍 하나 내지 못할 처지였다.

"제기랄."

두 사람은 똑같이 푸념을 내뱉고는 서로 눈치를 보았다.

그러자 한 놈이 무엇이 생각난 듯 너덜너덜해진 치마자락을 완전히 벗기기 시작했다. 나머지 한 놈은 한술 더 떠서 치마와 속옷을 한꺼번에 잡고 우격다짐으로 벗겨내고 있었다.

얼마 지나지 않아 나 두령은 완전히 알몸이 되어 버렸다.

사내는 욕정에 취한 눈으로 여인의 아랫도리를 바라보

았다. 거뭇한 골짜기가 그대로 드러나자 입속이 바짝 타 들어가는 것 같았다.

막상 모든 것이 드러나자 머릿속에서도 복잡한 생각이 뒤엉켰다.

'진작 벗겨버렸어야 했어. 이보다 고운 살결은 아직 보지 못했어.'

'오늘 한번만 요절을 내버리려고 했는데…… 이 정도의 값어치라면 두고두고 해먹어야겠는걸.'

'옳지! 누님집에 맡겨두고 생각날 때마다…… 히히히.'

젊은 주모자가 이런 생각을 하고 있을 때, 양 두렁을 타고 앉아 있던 젊은 사내도 아랫도리를 모두 벗기고 찬찬히 들여다보고 있었다.

'이만하면 아까운 계집이야…… 뉘집의 딸들인가? 며느리들인가?'

'어디 한번 손장난 좀 해볼까? 손대기 아까운 옥쟁반이구만.'

'사고가 생기는 것은 아닐까? 아냐! 젊어서 이 짓 못하면 병신이지……'

이런저런 생각 중에 여인의 가장 중요한 계곡을 바라보았다. 볼수록 비옥한 숲과 기름진 토양이었다.

음욕이 가슴을 화끈하게 치받았다. 서서히 옥토 유람이 시작됐다. 숲길에 들어가기 전에 먼저 이정표를 공략하기 시작했다.

발그레한 입술이 탐스럽게 벌어져 있었다. 천천히 입술을 덮쳤다. 그것은 나 두령을 타고 앉은 자도 마찬가지였다.

졸개들의 마른 침 넘어가는 소리가 두 사내의 흥분을 더욱 부채질했다.

이제 두 여인은 죽은 송장과 다름없었다. 더우기 양 두령의 피맺힌 얼굴은 애처롭기 그지 없었다. 그러나 욕정에 사로잡힌 사내들의 눈에는 그것이 보일 리가 없었다. 그저 벌겋게 달아오른 동물의 생식기만이 살아 있을 뿐이었다.

두 사내는 입을 맞추고 젖무덤으로 입술을 옮겨 여인들을 간지럽히기 시작했다. 그러자 말을 듣지 않던 물건들도 서서히 살아났다.

"그러면 그렇지…… 이제야 일이 시작되는구나."

두 사람은 거의 동시에 여인들의 최후선을 막 넘으려 하고 있었다.

그 때였다. 어디선가 날카로운 바람 소리가 귓전을 때렸다. 섬뜩한 소리에 고개를 들던 젊은 사내가 맥없이 옆으로 쓰러졌다.

"아이쿠!"

그것은 날카로운 돌팔매였다. 이마 한가운데를 명중당했던 것이다.

양 두령의 배 위에서 용을 쓰려던 사내도 땅 위로 떨어지고 말았다. 두 주모자가 쓰러지자 다른 졸개들이 일제히 일어나 주위를 살폈다.

그러나 눈에 보이는 것은 아무것도 없었다. 출처를 알 수 없는 돌멩이만 연거푸 날아들었다.

"으흑!"

"사람 살려!"

바람 소리가 날 때마다 한 사람씩 쓰러졌다. 돌팔매 맛을 본 이십여 명이 이제는 도망가지 않을 수 없었다.

쥐구멍에서 헤엄치는 사람들

산길을 내달려온 하 두령과 양 두령은 곽칠성을 만났다. 세 명 모두 샛노래진 얼굴이었다.

"큰일났습니다."

"그 놈들은 어디에 있어요?"

"지금 이 아래 학익골 어구에서 놈들이 부인들을 죽도록 두들겨 패놓고 못된 짓을 하고 있는 것 같습니다."

하 두령과 양 두령은 기겁을 했다.

"이놈아, 그냥 있었단 말이냐!"

양 두령이 곽칠성에게 고함을 질렀다. 이들은 더 이상 시간을 지체할 수가 없어 곽가를 앞세우고 학익골 마루턱 위로 달렸다.

그 곳에 닿았을 때는 왈자패들이 막 큰일을 저지르려

는 찰라였다. 그것을 본 두 사람은 눈이 뒤집혔다. 당장이라도 달려들고 싶었지만 섣불리 몸을 움직였다가는 부인들까지 큰일이 나겠다 싶어 이를 악물었다. 중과부적일 때는 기선을 제압하는 것이 싸움의 이치였다.

두 사람은 약속이나 한 듯 산모퉁이에 있는 조약돌을 주워들고 다시 큰 바위 뒤로 몸을 숨겼다.

먼저 공중으로 돌을 날려 그들에게 겁을 주었다. 그리고는 이마를 연속적으로 맞추고, 연이어 졸개들을 돌로 짓빻아 놓았던 것이다.

"이 정도 했으면 우선 겁을 집어 먹었을테니 빨리 가봅시다."

남편들이 여두령들 앞에 왔을 때는 입을 딱 벌릴 수밖에 없었다. 여인들은 이미 숨을 거둔 것 같이 보였기 때문이었다.

여인들은 이를 악물고 눈을 부릅뜨고 있었다. 흰자위가 많이 노출된 것이 완전히 산사람의 몰골이 아니었다. 게다가 입가에는 게거품까지 품고 있는 것이 아닌가. 먼저 왕동이는 혜련의 아랫도리를 속옷으로 감싸고 끌어안았다.

"여보! 내가 왔소."

"……"

양 두령도 우선 마누라의 몸부터 싸안고는 치를 떨었다.

"여보! 나요 나…… 알아 보겠소?"

"……"

그러나 두 여인은 아무런 반응이 없었다. 그뿐 아니라 수족이 싸늘해져 있었다.

"가슴에 손을 넣어 보십시오."

곽칠성이 안타깝게 외쳤다.

하 두령이 먼저 혜련의 가슴에 손을 넣어보고 귀를 갖다대었다.

"어떻소?"

"온기가 남아 있는것 같은데……"

"양 두령은 어떻소?"

"아직은 숨이 붙어 있는 것 같소이다."

"그럼 됐소이다."

곽가가 부근에 흐르는 물을 잎파리에 받쳐 왔다. 그 물을 여인의 얼굴에 번갈아 뿌렸다.

잠시 후, 나 두령이 숨을 몰아 쉬었다. 그러나 양 두령은 아무 소식 없었다. 양 두령은 호되게 걷어 채이고, 함부로 짓밟혀서 치명상을 입은 모양이었다.

"가슴을 세게 문질러 보십시오."

양 두령이 아내의 가슴을 서너 번 힘껏 문지르자 호흡 소리가 귀에 들렸다.

"나를 알아보겠소?"

"여기가…… 어디요?…… 염라대왕…… 앞이 아니오?"

"이제 괜찮으니 안심하오."

산산이 헝클어진 머리카락과 무참히 찢긴 옷, 여기저기 피가 터져 흐르는 몰골은 참혹했다.

두 여인이 어느 정도 정신이 돌아오자 양 두령이 땅에

떨어져 있는 칼을 집어들고 벌떡 일어섰다.

"내가 할 일이 있지."

칼을 들고 다가간 곳은 두 사내 앞이었다. 그들은 잠시 정신을 잃고 있다가 피가 흥건한 머리를 잡고 끙끙거리고 있었다.

먼저 나 두령을 강간하려던 젊은 주모자의 배를 힘껏 내질렀다. 그리고는 추상같이 호령했다.

"네 이놈! 어떤 놈인데 남의 유부녀를 겁간하려고 했느냐!"

"소인은 송도 유수의 아들입니다. 한번만 용서해 주십시오."

"뭐야? 송도 유수의 아들?"

"그렇습니다."

"이런 죽일 놈."

"저 놈은 웬 놈이냐?"

"그 사람은 도사의 막내아들입니다."

"도사의 막내아들이란 말이지! 잘들 한다."

양 두령은 기가 막힌 듯 젊은 녀석들을 쏘아보았다.

"이놈들아 똑바로 들어라! 양반의 아들놈들이 나라를 똑바로 잡을 생각은 하지 않고 시퍼런 대낮에 멀쩡한 유부녀를 납치해 겁간을 하려고 해? 사지를 찢어놓아도 시원하지 않을 놈들!"

"제발 살려주십시오."

"너희들의 애비를 생각해서 한 번쯤 살려줄 수도 있겠지만, 살아 돌아가면 마음이 변하는 것이 권세있는 양반

족속이다! 그 앙갚음을 당하기 전에 저승으로 먼저 보내 주겠다. 거기서 너희 애비들이 올 것이니 기다려라."

양 두령이 칼을 높이 쳐들었다. 그러자 유수의 아들이 손을 가로저으며 애걸을 했다.

"난 유수 아들이 아니오."

"나도 도사 아들이 아니오! 저 사람이 헛소릴 했어요."

젊은 주모자들은 조금 전까지의 포악함은 간데 없고 손이 발이 되도록 빌었다.

"아녀자를 저토록 짓이겨 놓고 살기를 바라느냐? 이 발칙한 놈들! 유수의 아들이건 도사의 막내건 이미 물 건너갔다. 어서 갈 곳으로 가거라."

"할아버지, 한 번만 살려 주십시오."

"너같은 손자 없다. 이놈아! 그만 지껄이고 조용히 사라져라."

양 두령의 칼이 하늘로 오르더니 쿵 하고 땅을 갈랐다.

툭……

유수의 아들 목이 힘없이 바닥을 굴렀다. 자기가 가지고 온 칼 아래 외로운 귀신이 되어버린 것이다.

이를 본 도사의 아들이 넋나간 사람처럼 중얼거렸다.

"제가 일을 말렸는데 저놈 때문에 그만……"

"뒷간 갈 때와 올 때가 다르다더니, 사내놈이 구차하구나 이놈!"

양 두령은 말이 끝나기가 무섭게 목을 후려쳤다. 도사의 아들도 색에 미쳐 돌아다니다가 그만 참혹한 죽음을 맞은 것이다.

　양. 두령과 하 두령은 두 여인을 업고 유유히 대왕당 큰 굿터로 향했다.

　숲 속에서 이 광경을 훔쳐보던 졸개들 중에는 머리통 없는 몸체가 처참하게 나뒹구는 것을 보고는 기겁해서 달아난 자들도 있고, 흑석골패들이 돌아간 후에 두 사람의 시체를 확인하는 자들도 있었다.

　유수의 아들은 얼굴이 전부 피투성이였다. 머리와 몸이 갈라져서 멀리 떨어져 있었고, 눈뜨고 입 벌린 머리가 너무도 처참했다.

　도사의 아들 역시 흡사했지만 머리는 아직 몸에서 완전히 떨어져 나가지 않은 상태라 더욱 참혹해 보였다.

　"으…… 지독하군."

　"어서 유수 아문에 달려가서 알려야지."

　"일이 크게 벌어지겠어."

　졸개들은 시체를 수습해서 송도로 줄달음치기 시작했다. 유수와 도사 앞에 선 졸개들이 차마 떨어지지 않는 입을 가까스로 열었다.

　"저…… 젊은 계집들을 탐하시다가 그만……"

　"그 놈들이 누구란 말이냐!"

　"그 놈들의 무예가 워낙 출중한 것으로 봐서 흑석골 부근 놈들이 아닌가 생각됩니다만……"

　유수와 도사는 한동안 넋나간 사람처럼 앉아 있더니 끝내 분통을 터뜨렸다.

"너희들은 이 지경이 되도록 뭐하고 자빠졌었느냐!"

"소인들은 여자를 겁간하지 않은 이유로 간신히 목숨만 살아 왔습니다요."

분노에 몸을 떨던 유수의 목소리가 터져 나왔다.

"반드시 이 원수를 갚고야 말겠다."

삽시간에 군졸들이 집합했다. 범인을 잡기 위해 군관청과 서리청의 아전들이 모이고, 군도군관 오륙 명이 군졸 이십여 명을 이끌고 송악산으로 떠났다.

복수 대 복수

학익동에서 살인 사건이 발생하였다는 소문은 빠르게 퍼져 나갔다. 송악산에도 나그네들의 입을 통해 와자지 껄하게 소문이 나 있었다.

"큰 살인이야! 그네터에서 계집을 노리던 왈자패들이 당했다나 봐."

"그 놈들이라면 천벌 받아도 싸지 뭐야."

"아, 젊었을 때 계집질 안 하는 놈 있나?"

"아무리 그래도 대낮에 유부녀를 윤간하려 들다니."

"그런데 그게 다른 사람도 아닌 유수 사또와 도사의 자제라는군."

"그러니 나라꼴이 되겠나? 말세야 말세! 하여튼 있는 놈들이 더 하다니까."

송악산에 구름처럼 모인 사람들의 화제는 온통 살인사건에 관한 것이었다. 더우기 송도에 세력가와 힘깨나 쓸 직한 패거리들의 싸움이라 흥미롭기 그지없는 사건이었다.

"왈자패들보다 그 부인들의 남편이 더 무섭다는군 그래."

"아까 안사람들을 업고 오던 사람들이 아닌가?"

"대왕당 큰 굿당 부근으로 몰려 가더군."

"무얼 믿는 구석이 있는가 보네."

"잡으러 오기를 기다리고 있는지도 모르지."

"무슨 배짱으로?"

군졸들은 몰려오고, 구경꾼들은 쉴새 없이 떠들어대고, 흑석골패들도 예상치 못한 사건으로 분위기가 말이 아니었다. 왕동이 서림에게 자초지종 모두 설명하자 서림의 얼굴이 어두워졌다.

"소문이 산상에까지 퍼졌으면 송도 시내는 발칵 뒤집어졌을텐데 이러구들 있으면 어떻게 한단 말이오."

양 두령도 걱정이 되었는지 왕동일 보고 눈빛을 빛냈다.

"하 두령이 아래로 한번 내려갔다 오는 것이 좋겠소. 송도의 상황도 살펴보고 사정이 여의치 않으면 김삼도에게 무기라도 몇 점 보내라고 하시오."

그 말에 일행이 모두 찬성하자, 하 두령이 다시 산 아래를 향해 뛰었다.

남은 흑석골패들은 그 자리에서 올라가지도 못하고,

내려가지도 못한 채 엉거주춤하고 있었다. 서림은 불길한 생각을 지울 수가 없었다.

이윽고 저녁 무렵이 다 되어서야 하 두령이 나타났다. 숨이 목에까지 차서 헐레벌떡하는 폼이 심상치 않았다.

"큰일났습니다."

"군관들이 벌써 몰려옵디까?"

"몰려오고말고요. 언뜻 보기에도 삼사십 명은 충분히 되는 것 같습디다."

"이거 어찌하면 좋겠소? 안식구들을 거느리고 도망칩시다."

"안 되오! 안식구들을 업고 도망하다가는 창피만 더할 뿐이오. 당해도 여기 앉아서 당할 궁리나 해봅시다."

서림은 최종 결론을 내리고 계책을 짜내느라 넓은 이마를 쓰다듬었다.

"여기서 어떻게 견딘단 말이오! 떼죽음을 당하고 싶소?"

만신창이가 된 아내 때문에 더욱 조바심을 치는 양 두령이 서림에게 따져 물었다.

"한 가지 방법이 있는데 어떨는지…… 어쨌든 위로 올라 갑시다."

흑석골의 열세 사람은 서림을 따라 대왕당 큰 굿당으로 올라갔다.

"별수 없소! 칼 물고 뜀뛰기요. 상궁에게 말해보는 수밖에……"

"상궁에게 무슨 계책을 쓴단 말이오?"

서림은 대답도 하지 않고 성큼성큼 대왕당 당집 있는 곳으로 앞장서서 올라갔다.

당집 안에는 무수리와 큰 무당 이외엔 들어 갈 수가 없었다. 그러나 서림은 거침없이 당집 안으로 왈칵 들어섰다. 그것을 본 무수리가 당장에 뛰쳐나왔다.

"여기가 어딘 줄 알고 함부로 들어오는 거예요?"

"상궁마마께 긴급히 볼 일이 있어 온 사람이오."

"못들어갑니다."

"상궁마마께 여쭤 보시기나 하시오."

서림과 무수리의 옥신각신하는 소리가 당집 안을 왁자지껄하게 만들었다.

"어째 이리 시끄럽누."

그 소리에 상궁이 방안에서 큰 소리로 무수리를 나무랬다. 그 사이 여러 두령들이 한꺼번에 당집 안으로 몰려 들어왔다.

서림은 무수리와 티격태격한 것까지도 계획에 있었던 것이다. 그것을 모르는 무수리는 큰일이나 난 것처럼 덤벼들었다. 그럼에도 불구하고 서림은 안으로 부쩍부쩍 파고 들어왔다.

상궁이 있는 창 앞까지 다다르자 여러 두령들을 늘어 세웠다.

"우리가 상궁마마께 인사드리고자 왔습니다."

서림이 큰 소리로 외치자, 방안에 한가하게 누워 있던 뚱뚱한 상궁이 비스듬이 일어나 앉아 방문을 열었다.

"대체 너희는 누구인데 이렇게 소란스럽게 구느냐?"

서림은 큰 기침을 한번 하고는 숨을 몰아 쉬었다.

"마마님께서는 혹시 해서대천왕(海西大天王) 임꺽정의 명자를 들으신 일이 있으온지요. 저희는 그 분 밑에 있는 사람들이올시다."

서림의 한마디 말에 상궁뿐만이 아니라 무수리며 당집 안에 있던 교군꾼들까지 몸을 움찔했다.

상궁은 급작스레 몸을 떠는 것 같기도 했다. 이를 본 서림은 속으로 회심의 미소를 지었다. 서림의 여유있는 표정을 보자 하 두령과 양 두령도 마음이 놓이는 눈치였다.

"다시 아뢰옵기 황송하오나 이번에 임 대장의 부인이 두령의 안식구 칠팔 명을 데리고 굿구경을 오게 되었는데, 저희 남자들은 보호 임무를 띠고 따라오게 되었습니다."

이번엔 무수리와 무당들까지 몸을 와들와들 떠는 것 같았다. 이를 놓치지 않고 서림은 부녀자가 겁간을 당할 뻔한 얘기부터 유수와 도사의 아들을 벌한 것까지의 경위를 말했다. 그리고는 반 협박조로 상궁에게 당집에 온 이유를 설명했다.

"유수와 도사가 아들 나쁜 짓 한 것은 탓하지 않고 원수만을 갚는다는 핑계로 대군을 휘몰아 우리를 치려 하고 있습니다. 우리는 모두 무예가 출중하여 일당백도 무섭지 않지만, 저희가 이 곳에 구경 올 때 대장님 분부가 있었습니다. 그것은 마마님의 치성굿이 끝날 때까지 함부로 실례를 범하지 말라는 말씀이었습니다. 그러나 지금 사태로는 큰 풍파를 피할 길이 없습니다. 아무리 줄 잡아 보아도 이 당집 안에서 백여 명의 목숨이 피를 흘릴 것 같습니다. 미리 상궁마마님께 사정 말씀을 드리는 것이 예의일 것 같아 이렇게 염치불구하고 찾아온 것입니다."

청산유수같은 서림의 말을 들은 장 상궁이 입을 열었다.

"싸운다고 할지라도 이 당집 안에서는 안 된다는 것을 명심하시오."

"그것은 안 되겠습니다. 대장 부인을 포함해 모든 식구들이 당집 안에 와 있고 그뿐아니라 우리가 싸움을 한다 할지라도 이 당집을 성벽삼아 의지하고 싸우는 도리밖에 없습니다. 당집 밖으로는 일보도 후퇴할 수 없습니다."

서림의 단호한 모습에 장 상궁은 다시 깊이 생각하더니 제안을 했다.

"안식구들은 내가 잡혀가지 않도록 단속할 테니 당신네는 순순히 잡혀 갈 수 있겠소?"

"황송합니다만 마마님의 책임지신다는 말씀을 저희가 믿을 수가 없습니다. 그러나 한 가지 좋은 방법은 있습니다."

"어서 말해 보시오."

"마마께서 군관 포교들을 이 당집 안에만 들여 놓지 않으시면 됩니다."

"내게는 공적인 일을 막을 힘이 없소."

"왕대비전 마마의 지중하신 치성굿을 몸 받아 오신 마마께서 한번 못 들어온다고 호령하시면, 군관 포교는 물론이고 개성 유수와 경기 감사라도 함부로 행동하지 못할 것입니다."

"그 다음은 어떻게 한다는 말이오?"

"저희가 오늘 밤 안으로 안식구들이 붙잡혀 가지 않도록 특별 조치를 해놓겠습니다. 그 다음에 날이 밝는 대로 스스로 줄을 받겠습니다. 그렇게 된다면 치성굿에 사람의 피를 보지 않으실 뿐 아니라 누이 좋고 매부 좋은 게 아니겠습니까?"

장 상궁은 '누이 좋고 매부 좋다'는 희한한 말을 듣고는 속으로 웃음이 나왔다. 한평생을 고스란히 궁중 안에서 썩혔기 때문에 생소한 말이기도 했지만 '누이 좋고 매부 좋은' 일을 한 번도 겪어보지 못했던 것이다.

비록 천한 도적이고 쌍놈들이었지만 그 말에는 구수한 인간의 냄새가 묻어 있는 것 같았다.

도적들의 강압적인 행동으로 당집 안에 임시 볼모로 잡혀있는 것 같은 느낌이 들었지만, 그다지 기분이 나쁘게 생각되지 않았다.

"어쨌든 굿만 끝나면 나는 내려 갈 사람이오."

이 말에는 너희들이 잡혀도 할 수 없는 일이라는 뜻이 숨겨져 있었다.

"안 됩니다. 그것만은 안 됩니다. 이 밤이 새도록 있어 달라는 말씀은 못드리지만 밤중까지는 싫으셔도 계셔야 합니다."

완고한 서림의 말에 상궁은 주춤했다. 상궁은 할 수 없이 무수리와 큰무당을 불러 의논을 했다. 이윽고 한참 만에 무수리 한 명이 밖으로 나와 교군꾼들과 박수들에게 상궁의 명을 전했다.

"마마님께서 특별한 말씀이 있기 전까지는 대문 안에 사람을 들여 보내지 말라고 하십니다."

무수리가 안으로 사라지자 흑석골 일행은 안도의 한숨을 내쉬었다. 그러나 서산에 해는 벌써 기울어가고 사방에는 어둠이 깔리기 시작했다.

"이제 흑석골로 빨리 가서 병사들을 데리고 와야겠소."

서림이 발 빠른 하 두령에게 속삭였다.

"지금 관가의 군사들이 이리로 올지 모르는데요?"

"그러니 그들이 오기 전에 빨리 갔다 오시오. 이제 우리가 살길은 흑석골에서 구원병이 오는 길밖에 없소."

"그럼 군교들이 오기 전에 빨리 다녀오겠습니다."

하 두령이 황급히 나가려다 당집 밖이 소란스럽자 서림의 얼굴을 쳐다보았다.

"이놈들이 이렇게 빨리 들이닥칠 줄은 몰랐는데······ 이를 어찌하면 좋겠소?"

문 밖에서는 포교 두서너 명이 박수와 떠들썩하게 다투고 있었다.

"왜 우릴 막는 거야!"

"마마께서 일절 잡인을 금하셨습니다."

"너의 눈에는 우리가 잡인으로 보인단 말이냐."

"잡인이 아니라도 못 들어오십니다."

"도적놈은 들여놓고 나랏일 하는 우리는 못들어간단 말이냐? 여기가 굿당이지 도적놈들 산채냐?"

도적놈들의 산채가 아니냐는 말을 창틈으로 들은 상궁은 속이 불편하기 짝이 없었다.

상궁이 소리를 버럭 질렀다.

"거기 누구냐!"

"네, 소인들이 올시다. 다름이 아니라 도적놈들은 들여보내고 저희는 박대를 하기에 다투고 있었사옵니다."

관가의 힘을 믿고 넙죽넙죽 말을 이어가자, 장 상궁은 분통을 터뜨렸다.

"그래 개성 유수의 눈에는 왕대비전 마마의 몸을 받자온 사람도 눈에 안 보이느냐? 이래봬도 나는 정오품의 내명부(內命婦)야! 도적놈들은 내가 치성을 드리는 굿당에서 함부로 행패를 부리지 못하게 잡아 놓았다. 무엇이 잘못 되었느냐? 고얀 것들."

장 상궁의 입에서 왕대비 마마의 명이라는 소리가 나오자, 군교들은 황급히 꼬리를 감추었다.

"그럴 리가 있겠습니까. 소인들이 속이 좁아 깊은 뜻을 헤아리지 못했습니다. 용서하여 주십시오."

포교들은 상궁을 향해 허리를 굽신거렸다. 그리고 밖으로 나와 저희들끼리 쑤군대기 시작했다.

장 상궁은 포교들에게 호통을 치고도 마음이 찜찜했다. 따지고보면 도적들에게 볼모가 되어있는 꼴이었기 때문이었다. 흑석골 패거리를 잘못 건드렸다가는 무슨 짓을 당할지 몰라, 죄없는 포교들에게 호통을 쳤지만 마음은 심란했다.

서림은 이런저런 궁리로 머리가 복잡했다. 여러가지 생각 중에서도 한시바삐 포위망을 뚫고 나가야겠다는 마음만은 절실했다. 병력이 증강되면 더욱 곤란해질 것은 당연한 이치였다.

서림은 큰무당 곁에 바짝 붙어있는 곽칠성을 불러내었다.

"자네, 밖에 나갔다 올 수 있겠나?"

"경계가 삼엄해서……"

"자네야 큰 무당의 기둥서방인 걸 뻔히 알고 있는데 어떨라구……"

"아닙니다. 아까 군사들이 하는 말을 들으니 저희들까지도 벼르고 있던데요."

"그래? 그럼 무예별감은 어디 있는가?"

"국사당 젊은 무당에게 반해 노상 엿가락처럼 들러붙어 있습지요."

"자네가 큰무당 곁에 붙어 있는 것과 같구만."

"아니지요. 저야 기둥서방이 밥그릇이지만 그 사람은 재미나 좀 보는 거 아닙니까."

"허허허…… 농담일세. 어쨌든 무수리를 보내서 상궁 마마의 명령이라 하고, 무예별감을 불러 올 수 있겠나?"

"그거야 어렵지 않습지요."

무예별감은 얼굴이 샛노란데다 입이 합죽하게 생겨 여자를 퍽이나 밝히게 생긴 사람이었다. 여색을 그렇게 밝힐 바에야 젊은 무당을 감당하는 것이 나을 것이고, 젊은 무당도 풍채좋고 지체 높은 무예별감을 싫어할 리 없었다.

두 사람은 약속이나 한 듯이 서로 눈이 맞았다. 그 순간부터 큰 굿을 하는 중인데도 시간이 아까워 밤낮으로 붙어서 떨어질 줄을 몰랐다.

무예별감은 밤만 되면 아예 젊은 무당의 치마폭에서 얼굴을 내밀지 않을 정도였다. 가끔 상궁이 별감을 찾을 때면 십중팔구 젊은 무당에게 가 있다는 말을 듣기 일쑤였다.

그러나 상궁은 별다른 말을 하지 않았다. 그것은 자신이 젊어서 음양의 이치를 즐기지 못한 것을 아쉬워하는 마음도 있었기 때문이었다. 별감을 혼쭐낸다고 치면 늙은이가 남자 맛을 못 봐 시기한다는 말이나 들을 것이 뻔했기 때문이기도 했다.

상궁은 그저 남하는 것 방해는 하지 않겠다는 생각이었다. 별감은 상궁의 그런 마음을 뻔히 읽고 있었던지 노상 젊은 무당의 품 속에서 나오질 않았다.

그 날 저녁에도 젊은 무당에게서 아예 자고 오려고 준비를 하고 있었다. 그러나 자신을 찾는다는 전에 없던 전갈을 받고 속으로 뜨끔했다.

"상궁이 드디어 꾸중을 하겠다는 건가?"

무예별감은 불안한 마음으로 당집으로 향했다. 당집은 포졸들로 에워싸여 있었다.

무예별감은 무슨 일이 나도 단단히 났다는 생각으로

조심스럽게 문안으로 들어섰다. 들어서자마자 싸늘한 기운이 느껴졌다. 고개를 들어 주위를 살피려고 하는 순간에 숨이 턱 막혔다. 어느 틈엔가 장정 사오 명이 자신의 입에 천뭉치를 틀어막았기 때문이었다. 어둠 속이라 누구인지 분간을 할 수가 없었다.

"응응…… 으……"

소리를 질렀지만 아무 말도 들리지 않았다. 게다가 수건으로 눈까지 가리는 것이 아닌가. 몸이 둥실 뜨는 기분이 느껴졌다. 정신이 아득해졌다.

이놈들은 대체 누구길래 겁도 없이 이런 짓을 저지른단 말인가.

한참 후에 무예별감이 정신을 차렸을 때는 곳간 속에 처박혀 있는 자신을 발견했다. 그뿐이 아니었다. 자신은 벌거벗은 몸이 아닌가. 무예별감 복장이 어디론지 사라져버린 것이었다.

"이게 대체 무슨 도깨비 장난인가? 밖에 포교들이 웅성대더니 아마 큰일이 벌어질 모양인데……"

무예별감이 어리둥절해 있는데 곳간 문이 벌컥 열렸다. 키작은 사내가 들어오더니 우선 틀어막은 입과 눈을 풀어주었다. 그리고는 다시 밧줄로 온몸을 결박하는 것이었다.

"서울 양반을 이렇게 대우해서 미안하우. 우리도 어쩔 수 없수. 그냥 옷만 빌리고 내보내도 되지만 밖에 있는 포교들과 짝자꿍을 맞출까 봐 잠시 이런 대우를 하는 것이니 용서하우. 조금만 견디면 모든 일이 잘 될 거유. 그럼 수고하우.”

결박하는 사내가 무예별감을 툭 밀자 별감은 다시 어
둠 속으로 처박혔다.

무예별감이 된 사람은 하 두령이었다. 하 두령은 서림
의 명을 받고 흑석골로 구원병을 부르기 위해 떠나는 참
이었다.

하 두령이 당집 문을 점잖게 열고 포교들이 싸고 있는
문 밖으로 발을 내디뎠다.

“어디로 가시오?”

“개성 유수를 만나러 가는 길이오.”

“마마님의 명이 있었소?”

“그러하니 떠나는 것 아니오!”

하 두령이 하도 당당하게 말 말뚝을 박자 포교들도 뒤
로 물러섰다. 하 두령은 팔자 걸음으로 몇 걸음 내려오
다 산아래로 급히 걸었다. 군복자락이 바람에 흔들릴 정
도로 빠른 걸음이었다.

“저게 아까 그 별감 맞는가?”

“아닌 것 같은데…… 별감이 둘인가?”

“웬걸 하나뿐이랬는데.”

“아까와는 행동거지가 딴판인데…… 어둠 속이라……”

“적들이 꾀를 피우는 게 아닐까?”

“글쎄…… 알 수가 있나.”

“우릴보고 뻣뻣한 폼이 보통놈은 아니던데.”

“서울놈들은 본래 되바라진데다가 그 놈이 궁궐밥을
처먹으니 모가지가 자연히 뻣뻣해지겠지.”

"그런데 그 놈이 벌써 안 보이네?"

"꺽정이 패거리들 중에 걸음이 귀신같은 놈이 있다던데."

"그놈들이 떼거리로 몰려오면 우리는 어떻게 되지."

"몇 놈이나 여기 숨어 있지?"

"계집이 칠팔 명에 사내가 사오 명은 되는 모양이야."

"그 놈들이 모두 무예가 출중하다면서?"

"놀라운 놈들이 많다는군."

그들은 하 두령이 사라진 송악산 자락을 멍하니 바라보며, 꺽정이 패들을 두려워했다.

굿당 안에서는 곽칠성이 서림을 잡고 하소연하고 있었다.

"포교놈들이 나를 한통속으로 생각하고 있는 모양입니다. 저를 쳐다보는 눈초리가 여간 매섭지 않아요. 앞으로 저는 어떻게 하면 좋겠습니까?"

"우리들이 흑석골로 돌아갈 때 같이 가거나, 그게 싫으면 뒤에 남아 잡혀가거나 좋을 대로 하시게."

"처되는 사람이 순순히 따라올 지가 의문입니다."

"아따 무당 여편네가 그렇게 소중한가? 송악산 구석에 깔린 게 무당인데."

"아무리 무당이라도 정분이 났는데 그게 그리 쉽습니까? 게다가 사내 받드는 게 기가 막힌 걸 어떡합니까."

"이상한 것을 가진 모양이지?"

"이상한 거라니요?"

"받드는 게 기가 막히다며."

"아, 그것 말입니까? 사실 말이 나왔으니 말이지 기집들 중에 그만한 기집은 처음 보았습니다."

"그게 어떤데? 자세히 말 좀 해보게."

눈을 반짝 뜨고 곽칠성에게 말을 재촉하는 서림을 보자 곽가는 기가 막혔다.

"배포도 참 대단하십니다. 삼엄하게 포위당해 죽느냐 마느냐 하는 판국에 이런 얘기가 중요합니까? 앞날이 훤하십니다."

"아, 이 사람아. 겨우 요런 포교 몇 놈들 앞에서 천하의 도적당 두령들이 벌벌 떨어야 한단 말인가? 하여간 그 사내 잘 받든다는 기막힌 내막이나 들어보세."

"그거야 언제 조용한 기회에 따로 말씀 여쭙지요."

"명기(名器)가 있다는 말은 들었네만…… 자네는 복을 탔구만."

"허허허…… 복이랄 것까지야……"

곽칠성은 어느새 불안한 기색이 누그러져 웃음까지 띠고 있었다. 서림도 그 모습을 보고 빙긋이 웃었다.

그 때 갑작스럽게 당집 밖이 떠들썩했다.

"구원병이 온 거 아니야?"

"아니야, 적군이 떼로 왔을지도 몰라."

흑석골패들이 모두 긴장했다. 바깥의 기색을 살폈다. 소란의 이유는 유수부의 비장 때문이었다. 유수 사또의 전갈을 받아 가지고 온 비장은 상궁에게 볼 일이 있었다.

무수리가 당집 문을 비스듬히 열고 고개를 내밀었다.

"무슨 일이십니까?"

"나라굿이 중요한 것은 아오나 도적놈들이 희한한 짓으로 도망칠 우려가 있어 군관들을 치성굿당에 들여 보낸 것입니다. 이 점에 대해 죄송천만하게 생각하고 미처 마마가 계신 것은 몰랐습니다. 부디 큰 아량으로 은혜를 베풀어 주시고 살인범들은 도망치기 전에 잡도록 해주시면 황감한 처분이시겠다고……"

비장은 유수 사또의 전갈을 온화한 목소리로 무수리에게 전했다. 무수리는 곧 안으로 들어가 상궁에게 전하고는 대답을 가지고 곧 다시 나왔다.

"변변치 않은 이 사람에게 예를 갖추어 준 것은 황감한 일입니다. 살인을 한 중벌 죄인들이 굿당 안에 있기는 하지만 치성 도중이라 함부로 싸움을 벌일 수는 없는 일인즉 내가 어찌 잡게 하겠는가. 밤에 굿만 끝나면 산 아래로 내려 갈테니 그리 알아 주셨으면 좋겠습니다, 라고……"

무수리가 그대로 답 전갈을 하자 비장은 입이 퉁퉁 부어 돌아 설 수밖에 없었다. 그리고는 군교들과 심각하게 쑥덕공론을 했다.

흑석골 패들은 비장이 이십여 명의 군사를 데리고 왔다는 소식에 심기가 편치 않았다.

"이놈들을 모두 합하면 오십 명은 족히 되겠군. 당집을 칭칭 에워싸고도 남을 숫자야."

서림은 눈을 지그시 감았다.

포위망을 뚫어라

흑석골 임꺽정의 집은 청석골에 있을 때보다 한층 더 호화로왔다. 기와의 네 귀퉁이에 풍경이 달린 오십 칸이 되는 큰집이었다. 처음 천복산에서 도망해 오듯 흑석골로 왔을 때는 언감생심 이런 큰 집은 생각지도 못했다. 그러던 것이 평안도의 만석꾼들을 털어오면서 재물이 풍성해지고 경제적으로 틀이 잡힌 것이다.

깊은 두메산골에 없는 게 없을 정도였다. 부러울 게 없게 되자 서림이 말했었다.

"대장이 계실 집은 따로 궁성 모양으로 지어야겠습니다."

여러 두령들도 한목소리로 적극 지지를 표했다.

"우리가 이왕 도적이 될 바에야 큰 도적이 되지 좀도

적은 싫습니다."

"우선 대장 계시는 집과 취의청을 경복궁이나 창덕궁만큼은 못 되어도 그와 비슷하게는 지어야 하지 않겠습니까."

서림의 적극적인 권유로 밤낮으로 공사를 계속하여 한 달도 못 되어 으리으리한 집을 마련하게 되었다. 꺽정은 집을 볼 때마다 두령들과 부하들의 노고가 생각났다.

오늘도 꺽정의 집에서 임시 회의가 열렸다.

"굿구경을 했으면 돌아올 때가 된 것 같은데 소식이 없군요."

이룡이 먼저 입을 열었다.

"글쎄올시다. 남 두령들도 있어서 안심은 되지만서도……"

모두 굿구경이 화제가 되어 궁금해하고 있을 때 문 밖에서 요란한 소리가 났다.

"누구시오?"

"하 두령이요."

왕동이의 음성이었다. 사람들은 어안이 벙벙해져 왕동을 쳐다보았다. 옷차림이 이상했기 때문이었다. 그것도 끔찍한 관군의 복장이었다.

왕동은 겨를도 없이 꺽정 앞에 무릎을 꿇었다.

"형님, 큰일났습니다."

"무슨 일이냐?"

꺽정도 여자들이 떼로 몰려간 것이 내심 걱정스러웠다. 그러던 중 막상 왕동이의 얼굴을 보자 평소에 신중하던 꺽정도 뜨끔해서 놀랄 수밖에 없었다.

왕동은 숨돌릴 틈도 없이 전후 사연을 설명했다.

꺽정이 신시위를 큰 소리로 불렀다.

"비상 출전령이다."

꺽정의 말이 떨어지자 북소리가 흑석골 전체를 울렸다. 비상 출전령이 떨어지면 두령과 졸개들 할 것 없이, 최대한 빠른 동작으로 출전 준비를 갖추고 취의청 광장 앞에 대기해야 했다.

둥! 둥! 둥! 둥! 두두둥!

눈깜짝할 사이에 고요하던 골짜기 안이 들썩거렸다.

"무슨 큰일이 생긴 모양이야."

"하 두령이 곤두박질해서 돌아오셨나 봐."

"그래? 오랜만에 힘 좀 쓰겠는데."

"싸움이라면 난 신물이 나네."

순식간에 모인 졸개들이 흥분과 두려움으로 떠들고 있을 때 꺽정이 단상 위로 올라섰다.

"지금부터 출전이다. 교군꾼 열여덟 명과 교군바탕 여덟 채와 횃불 백 자루를 준비하라! 예 두령과 이 두령만 흑석골을 지키고 나머지는 전부 출전이다."

마침내 임꺽정이 두령과 졸개 칠십여 명을 이끌고 흑석골을 빠져 나갔다.

'이만하면 송도 군관이 아니라 천군만마라도 당해낼 것 같구나.'

꺽정은 자신감으로 충만해 어둠 속을 뚫고 황급히 달려갔다. 안식구들이 무사할지가 걱정이었다.

한밤중이 가까워 왔을 때에야 꺽정이 일행은 송악산 부근에 당도했다.

한편, 당집에 피신해 있던 흑석골패들은 상궁을 붙잡느라 야단이었다. 큰 굿이 다 끝나자 상궁이 산을 내려가겠다고 선언했기 때문이었다. 원군이 당도하기 전에 상궁을 놓쳤다가는 볏짚을 지고 불 속으로 뛰어들어가는 것과 같았다.

"조금만 더 계시면 모든 일이 순탄하게 해결될 것입니다. 조금만 참으십시오."

서림이 앙탈하는 상궁을 막아서며 사정조로 달랬다.

"이렇게 사람을 볼모로 만드는 법이 어디 있소."

그래도 상궁은 고집을 부렸다. 서림은 이대로 놓아두면 입만 아플 것 같은 생각이 들자 방법을 바꿨다.

"지금 목숨을 지탱하고 있는게 뉘 덕인데…… 너무 날치시면 우리는 우리대로 할 일이 있소."

서림이 눈을 부라리며 협박을 했다. 상궁은 할 수 없이 도로 제자리에 앉을 수밖에 없었다.

서림은 나오면서 양 두령을 보고 빙긋 웃었다.

"저 늙은 여우가 우리에겐 손 안에 든 보석이오."

"그렇게 값이 나가오? 그럼 우리 데리고 갑시다."

"지금 경우가 그렇단 말이지."

"저 뚱뚱보가 없으면 안 되오?"

"저 뚱보가 아래로 내려가는 즉시 포교놈들이 들이닥칠걸."

"그거 참 보배는 보배로구만."

"암, 우리의 목숨이 달린 보물이지."

상궁은 자리에 앉아 혼자 중얼거리고 있었다.

"이놈의 무예별감은 도대체 어딜 간 거야? 경을 칠 놈 같으니라구. 내려가면 당장에 주리를 틀 것이다."

이 다급한 상황에서 보나마나 젊은 무당년 치마폭에 싸여 있을 것을 생각하니 분통이 터졌다.

"계집이 무엇인데 사내들은 그렇게 정신을 못차리고 놀아날까……"

늙은 상궁은 젊은 무당년을 떠올리며 참으로 이상한 일이라고 생각했다.

밤이 깊어 갈수록 포교들은 몸을 움츠렸다. 추위를 쫓기 위해 이곳 저곳에 장작불을 피워놓고 쬐었다.

"이놈들은 언제까지 여기 숨어있을려나?"

"놈들이 상궁을 볼모로 잡고 있는 게 아닐까?"

"모르지. 서림이라는 꾀가 귀신같은 놈이 있으니."

"그놈은 키가 작다는데 아까 불빛에 비친 놈이 꼭 그 놈 같아."

군사들이 추위에 떨며 이런 저런 말장난을 하고 있을 때였다.

"야, 저 횃불 봐라!"

포교들이 모두 고개를 돌렸다. 서북쪽에서 횃불이 떼로 몰려오고 있는 것이 아닌가.

"이놈들을 구하려고 오는 도적 떼 같은데."

군사들이 주고받는 말에는 벌써 겁을 집어먹은 티가

역력했다. 총지휘격인 비장 한 사람이 우뚝서서 고함을 질렀다. 꽤나 용기있어 보이는 행동이었다.

"듣거라! 적들이 몰려오면 우리도 죽을 힘을 다해 싸워야 한다."

사기를 복돋기 위한 우렁찬 목소리였다.

"……?"

그러나 포졸들은 비장을 이상한 눈으로 쳐다볼 뿐이었다. 비장은 머쓱한 얼굴로 몰려오는 횃불을 노려보았다.

어둠 속에서 발 없는 횃불만이 출렁이며, 시시각각 당집으로 가까워오고 있었다.

그 맨 앞에 키가 큰 건장한 위인이 시퍼런 칼을 빼들고, 무지막지하게 뛰어 올라오고 있었다. 모든 포졸들의 눈이 그 장엄한 위인에게 쏠렸다.

"저 놈이 누구지?"

"꺼, 꺽정이 아닐까?"

그 이름에 포졸들이 움칠 떨었다. 순식간에 다가온 횃불의 무리에서 벽력같은 고함 소리가 터져 나왔다.

"네 이놈들 듣거라! 내가 바로 흑석골 대장인 임꺽정이다. 모가지가 근질근질한 놈들은 모조리 나와서 내 칼맛을 실컷 보아라."

위협적인 꺽정의 으름장에 군교들이 얼음처럼 얼어붙었다. 그러나 그 중에 칼솜씨로 이름이 높은 군관 하나가 툭 튀어나왔다.

"이 개뼈다귀 같은 놈아! 네가 꺽정이라는 놈이냐? 도적 떼의 대가리 주제에 제법 폼은 다 잡는구나! 무고한

백성을 함부로 살상하는 놈은 어떤 놈이라도 이 칼을 피할 수 없다.”

“건방을 떠는 놈부터 없애 주마.”

“닥쳐라! 장수는 칼로 말하는 법이다.”

꺽정이 앞으로 한 걸음 나서며 군교와 마주섰다. 군교가 쏜살같이 달려들었다.

챙그랑! 챙그랑!

두 사람의 칼이 밤하늘을 오색 불꽃으로 수놓았다.

꺽정은 상대의 칼솜씨가 제법이라고 생각했다. 혈기왕성한 군교는 더욱 겁없이 달려들었다. 군교의 칼이 날카로운 선을 그리며 꺽정의 굵은 허리춤을 향해 비호와 같이 스며들었다.

보통 검객같았으면 그 자리에서 외마디 비명을 질렀을 매서운 칼날이었다. 그러나 꺽정은 검법에 워낙 달통해 있었다.

칼끝을 피하기 위해 몸을 공중으로 날렸다. 두 길은 넘게 뛰어오르는 것이었다. 칼을 날린 상대도 오싹 소름이 끼칠 만큼 빠른 동작이었다.

“하하하……”

“……”

꺽정이 멍해 있는 상대를 보고 호탕한 웃음을 웃자, 부하들도 대장을 따라 웃음을 터뜨렸다.

그 때 당집 안에서는 귀에 익은 웃음판이 들려 오자 모두 희색이 돌았다. 그 중에서 누워 있던 양 두령이 대낮에 원수가 사무쳤는지 다짜고짜 일어나 앉았다.

"나도 한을 좀 풀어야겠어요."

말릴 틈도 없이 양 두령이 뛰쳐 나갔다. 그 뒤를 남자들이 쫓아 나갔다. 꺽정을 본 서림이 반갑게 입을 열었다.

"대장 어른 오셨습니까! 그 칼을 양혜련 두령에게 주시지요."

"몸도 편치 않을텐데?"

"양 두령이 칼싸움을 해야 몸이 개운해질 것 같다고 합니다."

"그래? 그렇다면 이 칼로 한번 맞서보우."

꺽정이 양 두령에게 칼을 넘겼다. 이제는 여자와 남자가 칼을 맞잡고 서로 노려보는 형상이었다.

순간, 여자의 서슬퍼런 기합 소리가 귓속을 파고들었다.

"에잇!"

칼과 칼이 맞부딪치면서 다시 남자의 기운 쓰는 소리가 둔탁하게 울렸다.

한쪽은 치마자락이 날리고 또 한쪽에서는 군복자락이 휘날렸다. 어둠 속에서 양편의 군사가 숨을 죽이고 싸움을 노려보고 있었다.

양 두령의 고함 소리가 또다시 고요한 산 속을 울렸다. 칼과 칼이 공중에서 원을 그리며 맞부딪쳤다.

바로 그 순간, 여자의 치마자락이 공중에서 휘영청 한번 난무하더니 군교의 외마디 비명 소리가 팽팽했던 긴장을 갈라 놓았다.

"앗……"

바른 손 엄지손가락이 잘리운 채 공중에서 땅으로 툭 떨어졌다. 양 두령이 허리를 굽혀 잘려나간 손가락을 주워 들었다.

"우와! 이겼다."

흑석골패들이 일제히 환호하며 박수를 쳤다. 그러나 양 두령은 부끄럽게 히죽 미소를 지을 뿐이었다.

양 두령은 손을 싸쥐고 있는 상대방을 노려보더니 짧게 외쳤다.

"덤빌 자는 이리 나와라!"

관가에서 나온 군사들은 기가 막혔다. 임꺽정도 아니고 얼굴이 퉁퉁 부은 아녀자에게 무참히 당했으니 얼굴이 붉어질 수밖에 없었다.

검은 장작불을 넘어 한 사람의 건장한 사내가 뛰어나왔다.

"계집이라고 봐줬더니 기고만장하는구나! 덤벼라!"

"너야말로 여자라고 깔보는구나! 여자의 매운맛이 무엇인지 보여주마!"

눈과 눈이 마주쳤다.

순간, 칼과 칼이 또다시 공중에서 춤을 추었다. 군교는 바짝바짝 여인을 몰아갔다. 여인은 살살 뒤로 물러섰다. 뒤로 물러서면서 남자의 허(虛)를 노리고 있는 중이었다. 기회를 잡았다고 생각한 남자의 보폭이 짧아졌다. 최후의 일타를 날리려는 순간이었다.

그 때였다. 여자가 뒷발을 들고 옆으로 빙 도는 듯싶

더니 기합과 함께 짧게 손목을 움직였다.

"어이쿠!"

남자가 칼을 놓고 깡총 뛰었다. 여자의 발 밑에는 어느새 살아서 펄떡거리는 엄지손가락이 떨어져 있었다.

여자는 침착하게 허리를 굽혀 집어 들었다.

"둘!"

여인이 외쳤다.

"또 다른 놈이 있으면 나오너라!"

양 두령의 섬세한 칼솜씨는 겉으로는 현란하지 않았다. 힘 대신 호흡을 사용했고, 강함보다는 부드러운 맥을 타고 움직였다. 그러기에 남자들의 눈에는 호락호락하게 보이기 안성마춤이었다.

군교쪽에서 매서운 눈초리의 사내가 튀어나왔다. 그러나 그 자는 칼을 잡자마자 몇 합이 되지도 않았다.

양 두령은 역시 허리를 굽혀 바른손 엄지손가락을 주워 올렸다.

"셋!"

양 두령이 사내들의 손가락을 치마꼬리에 싸 쥐었을 때 서림이 앞을 가로막고 소리쳤다.

"너희들은 듣거라! 이만하면 우리의 실력을 알겠느냐?"

"……"

관가의 군사들은 할 말이 없었다. 그러나 아직도 살기는 숨어있었다.

대왕당 당집 안에서는 무수리와 박수, 교군꾼들이 문

을 빼꼼히 열고 상황을 살피고 있었다. 결전의 결과가 궁금했던 것이다. 그런데 어느 틈엔가 한 여인의 흥미진진한 칼솜씨에 넋이 나가 저마다 탄성을 지르고 있었다.

그 때였다. 갑자기 관군 쪽에서 일시에 함성을 지르며 흑석골패를 향해 공격을 감행한 것이었다. 관군들 중에 우두머리가 송도 유수의 친척되는 사람이었고, 손가락이 잘린 군교들이 실수를 만회하기 위해 한꺼번에 기습을 한 것이었다.

"우리가 살인범들의 두목을 눈앞에 두고 설익은 손가락 장난만 하다가는 사또에게 중벌을 면치 못할 것이다."

"자칫 잘못하다가는 모두 놓칠 우려가 있다. 임꺽정이와 두령 몇 놈의 목만 베면 나머지는 자진 항복을 해올 것이다. 그러니 도적 떼의 우두머리를 집중적으로 공략하자."

"저들이 방심하고 있을 때가 지금이다. 선수를 치자!"

일시에 벌 떼처럼 창과 방패, 몽둥이가 춤을 추었다. 예고도 없이 갑자기 달려드는 관군을 보자, 꺽정은 화가 머리끝까지 치밀어올랐다.

"쥐새끼같은 놈들! 내 칼이 아깝구나."

꺽정이 한번 움직일 때마다 손가락들이 떨어져 나갔다. 사뿐한 발놀림이 지나간 자리에 손가락이 후두둑 떨어졌다. 꺽정의 뒤를 양 두령이 쫓으며 손가락을 주워나갔다.

"열여섯…… 열일곱……"

양 두령이 손가락을 세고 있는 사이, 관병들은 하나, 둘 나가 떨어졌다. 돌팔매로 머리가 깨지고, 쇠도리깨로 팔을 얻어 맞고 하여 절반은 몸을 상하고 그 나머지는 어둠을 이용해 도망쳤다.

흑석골패에서 다친 사람은 임꺽정의 부인인 백손 어미뿐이었다. 어둠 속에서 몸을 피하다가 발을 헛디뎌 발목을 상한 것이다.

주위는 캄캄했다. 수풀 쪽에서 신음 소리가 흘러나와 다가가 보니 관병 두 사람이 어깨가 으스러져 거의 다 죽어가고 있었다. 나머지는 눈 씻고 찾아보아도 보이지 않았다. 모두 흑석골패에게 손가락 하나씩을 선물하고 절며, 기며 도망친 뒤였다.

"저 두 놈을 어떻게 하지요? 죽여 없애면 당집에 있는 상궁이 노할 것만 같습니다."

"그러면 죽이지 말게나."

"상궁이 무척이나 놀랐을 것입니다. 인사나 하시는 게 어떨는지요."

서림의 말에 임꺽정은 고개를 끄덕거리며 당집 안으로 들어갔다. 상궁이 겁에 질려 경계하는 눈초리로 꺽정을 쳐다보았다.

"여러 가지로 폐를 많이 끼쳐 미안하게 됐습니다."

"미안하고 안 하고간에 어서 돌아가게 해주시오."

"돌아가시도록 하고말고요. 상궁 마마가 덕이 크셔서 관병이나 저희나 생명을 해하지는 않았습니다."

서림이 상궁을 위로하자 상궁은 머리를 끄덕이며 안도

하는 눈치였다. 상궁을 안심시키고 당집 문을 나서는 길에 여자 양 두령이 말했다.

"이 손가락을 모두 주인들에게 돌려주면 어떨까요? 우리의 이름이 한층 위세를 떨칠 것입니다."

"그거 희한한 생각이오."

"그것을 우선 유지에 싸서 걸음이 빠른 하 두령이 오늘 밤 안으로 유수부 관문에 던지고 오면 더욱 좋을 것 같소."

꺽정이와 서림이가 찬성하고 미소를 짓는데 어디선가 끙끙거리는 소리가 들렸다. 곳간 안이었다. 그제서야 서림은 격전을 치르느라 새까맣게 잊고 있던 무예별감이 생각났다.

곳간 문을 열고 들어가니 추위에 떨어 새파랗게 질린 채로 눈만 번뜩이고 있었다.

"쯔쯧…… 고생 많이 하셨소."

"목숨만 살려 주십시오. 저는 별로 죄가 없습니다."

"목숨을 어쩌긴 어쩐단 말이오. 별감은 오히려 공을 세우신 거지."

꺽정이 겁 많은 별감을 보고는 혀를 차며 풀어주라고 명했다.

"마마님과 별감은 이제 산 아래로 내려가서도 좋습니다."

별감은 한숨을 몰아쉬었다. 자신의 옷이 벗겨진 이유도 모르면서 그저 좋아할 뿐이었다.

흑석골의 슬픔

새벽녘이 다 되어서야 흑석골패들은 송악산 기슭을 떠났다. 그 동안 하 두령은 잘린 엄지손가락들을 유수부 동헌 마루에 던지고 되돌아왔다. 그리고는 꺽정에게 다급하게 보고를 올렸다.

"지금 우리의 뒤를 쫓기 위해 관군 수백 명이 준비 중입니다."

꺽정이 모사인 서림의 얼굴을 바라보았다. 괜찮겠냐는 의견을 묻는 것이었다.

"설사 백 명이 아니라 천 명, 이천 명의 관병이 쏟아져 온다 해도 아무런 염려 없습니다."

"무슨 계책이 있는가?"

"계책이 있지요. 그건 다름 아니라 대장님 이하 귀신

같은 두령들이 즐비하게 있는 게 무서운 계책이지요."

"하하하……"

"왜 웃으십니까?"

"귀신같은 모사(謀士)를 가졌기에……"

흑석동 못미쳐 용강 앞에 도착했을 때 관병의 선진이 당도했다.

"놈들을 그냥 내버려 두십시오."

서림의 말에 꺽정도 별다른 명령을 내리지 않고 무시해 버렸다. 이쪽에서 당연히 도망치거나 득달같이 달려들어 싸움을 걸어야 하는데 감감무소식이자, 저쪽에서도 주춤하는 것 같았다.

흑석골 패들이 사나운 물결의 강을 다 건넜을 때 관병을 거느리고 온 장수 한 사람이 군교들에게 말했다.

"우리도 엄지손가락이 아직 남아 있는가?"

그 말에 모두 엄지손가락을 꼼지락거려 보았다.

"무사합니다."

"저들이 저토록 태연한 걸 보니 이번엔 무슨 비책으로 우리의 손가락을 뺏어갈지 모를 일이다. 손가락이 없어지기 전에 그냥 돌아가자."

관병들은 미련없이 모두 송도로 돌아가고 말았다.

그 날 보따리에 그득 담긴 손가락을 본 군교들은 겁을 더럭 집어 먹은 것이었다. 그래서 눈앞에 꺽정이 패들을 보자 사기가 더욱 꺾여 어떻게 해 볼 도리가 나지 않았던 것이다.

이 날 이후로 송도에서는 흑석골 패의 무용담이 삽시

간에 번져 나갔다. 소문이란 원래 가지를 치고 부풀어 올라야 맛이 나는 법, 소문은 꼬리에 꼬리를 물었다.

"귀신도 놀랄 만한 여자 검객이 있다는데."

"그게 바로 껵정이 첩이랍디다. 세째 아니면 네째라는 구만."

"손가락만 백 개를 잘랐다나?"

"모르는 소리 말게. 잘린 손가락으로 뗏목을 만들어 용강을 건널 정도라던데."

"아, 그래서 관병들이 손가락을 싸안고 도망쳤구먼."

"포교놈들 자빠져 잠이나 자지. 무슨 싸움을 한다고…… 죽일 놈들."

"죽일 놈은 유수와 도사의 아들들이지."

"그 아비의 그 아들들이니 원 참."

송도 시내 사람치고 이런 말을 하지 않는 사람들이 없었다. 입만 열면 유수와 도사의 욕이었다.

흑석골 패들이 송도 부근에서 살인 사건을 낸 일이 예전에도 더러 있었다. 그러나 백성들은 백성들대로 도적들의 후환이 두려워 관가에 고발치 못했고, 관리들은 냄새를 맡고도 복잡하게 될 것을 귀찮아 해 모른 척했다. 그러니 살인 사건이 나도 별탈이 없었던 것이다.

그러나 이번 살인 사건은 문제가 달랐다. 송도 중앙에서 일이 일어났을 뿐만 아니라 원고인이 유수와 도사였다.

유수가 죽은 아들의 송장을 붙잡고 대성통곡했고, 칼을 뽑아 복수의 의지를 불태웠다.

그뿐 아니라 포도청과 형조, 송도 유수는 친히 임금께 글을 써서 올리기도 했다.

"나라에서 도둑을 잡는 전문 관리를 보내 흑석골을 쑥대밭으로 만든다더군."

송도에는 이런 소문이 파다하게 퍼졌다. 뿐만 아니라 황해 감사와 평안 감사까지 큰 병력을 동원해 흑석골을 친다는 말이 나돌았다. 그러나 그것은 한낱 헛소문에 불과했다.

임금과 신하가 모여 송도 유수의 상소를 읽고 의논을 할 때 사헌부의 신하가 임금께 아뢰었다.

"도적들이 잘못한 게 아니라 오히려 선비된 자가 그 아들을 잘못 가르친 죄이니, 수신제가도 못하는 위인이 어찌 치국평천하를 할 수 있으리까."

"그게 사실이냐?"

"송도 부근에서는 삼척동자까지도 다 아는 사실이옵니다."

그 말을 들은 임금도 할 수 없이 명령을 내렸다.

"유수와 도사를 파직시켜라."

졸지에 아들을 잃고 벼슬까지 빼앗겼으니 이들은 막막했다. 평소에 백성들에게 덕을 쌓아 놓았으면, 아들 잃은 동정으로 흑석골 패거리들이 큰일을 치루었을 것이다. 그러나 백성의 여론으로 그 반대의 꼴이 났으니 하늘만 원망할 수밖에 없었다.

임꺽정 일행은 무사히 산채로 돌아왔으나 백손 어미가 걱정이었다. 태기가 있었던데다 낙상까지 했으니 몸이 온전할 리가 없었다. 하혈을 한 뒤에 자리에 드러눕고 말았다.

또한 나 두령과 양 두령은 몸과 마음으로 끔찍한 일을 당한 후유증이 만만치 않았다.

흑석골에는 의원이 없었다. 하지만 서림이 의원 못지 않은 실력이라 약방문을 내고 침술을 놓고 하였다. 약방 문을 내면 근교 장터에 있는 한생원의 약방에서 약을 지어다 환자에게 먹였다.

두 여두령은 젊어서 이내 털고 일어났지만, 꺽정의 부인은 나이가 있어 몸져 누운지 한 달이 다 되도록 꿈쩍 못하고 드러누워 있었다.

꺽정은 막상 백손 어미가 드러눕자 안스러운 마음에 걱정이 컸다.

서림도 이런저런 처방을 해보았지만 진전이 보이지 않자 꺽정과 하 두령을 불러 방법을 강구했다.

"병세가 대단히 중하니 좋은 약재를 구해와야겠습니다. 그러려면 아무래도 한양밖에 없습니다."

서림이 심각한 얼굴로 꺽정에게 말했다.

"자네 누님이 다 죽어가니 한양 가서 좋은 약재를 구해 와야겠다. 안구에게 가면 알아서 잘 안내해 줄 것이야."

하 두령은 한양에 다시는 가지 않겠다고 결심했지만, 죽어가는 누님을 보면 그것을 고집할 수가 없었다.

하왕동이 나가자 서림이 조용히 말했다.

"금년에 상처수(喪妻數)가 있으니 조심하셔야 합니

다."

"죽어서야 쓰나…… 지금까지 고생만 해왔는데……"

꺽정의 가슴에 애잔한 마음이 밀려왔다.

꺽정은 상처수가 있다는 말에 묘한 충격을 받았다. 평생을 함께 고생한 마누라에 대한 안스러움이 컸다. 하지만 한편으로는 한양에 있는 첩들을 데려 올 수도 있겠다는 생각이 들었다.

꺽정은 백손 어미를 볼 때마다 죄스러운 마음이었다. 옛말에 '죽는 사람만 서럽다'는 말이 실감나기도 했다. 그러나 계집들 보고 싶은 마음은 어떻게 막아 볼 도리가 없었다.

백손 어미의 병세는 나날이 악화되었다.

한양으로 떠난 하왕동은 좀처럼 내려올 기미가 안 보였다. 하 두령의 소식이 없자 우선 갑갑한 사람은 나 두령이었다. 이번에도 중도에서 귀신이나 여우에게 홀린 것은 아닌지 의심만 더해갔다.

하 두령은 무엇을 하고 있을까? 그 날 저녁 하 두령은 늦게서야 한양 안구의 집에 도착했다. 안구가 뛰어나와 반갑게 맞았다.

"그래 그 동안 별일은 없었지? 그런데 송도에서 큰일을 저질렀더구만."

"소문도 빠르네."

"내가 누군가? 조정 안의 일들을 이 손바닥 위에 올려놓고 있지 않은가."

"우리도 개성 유수와 도사가 그렇게 빨리 쫓겨날 줄은 몰랐네."

"다 자신이 쌓은 업이지. 그나저나 술이나 한잔 하세."

안구는 밖을 향해 소리를 질러 술상을 보아오게 했다.

"요즘 아버님이 누워 계셔서 성화가 대단해. 나도 죽을 지경이야."

"그렇게 대단하신가?"

"대단이고 뭐고 이제 일어나시기 어려울 것 같아……"

"흑석골에도 중병 환자가 몇 있어서 약재 좀 구하려고 온 길일세."

"약재는 천천히 구하고 우선 술로 목이나 축이세."

안구는 왕동에게 술과 안주를 푸짐하게 대접했다. 주거니 받거니 하면서 어느덧 얼큰하게 술이 취했다.

"그래, 요즘 우리 형님 첩년들은 잘들 있나?"

"이 사람이 말도 말게."

"왜?"

"부인들의 불만을 내가 다 받고 있어."

"뚜쟁이 노릇한 죄지."

"그렇지가 않아. 선생님이 모두 자업자득하신 거지. 내가 무슨 관련이 있다고 그러나."

"내 다 알고 있네. 진짜 뚜쟁이가 자네란 걸."

"이 사람이 누님 대신 시기하는구먼."

"천만에 그런 맘은 없네. 그저 그 계집들이 궁금해서."

"걱정 말게. 자네 형수님들은 모두 안녕하시니까."

"그런데 자네가 무슨 불만을 듣는다는 거야? ……밤이

외로워서?"

"그거야 외롭겠지. 그런데 그보다 배돌인가 무슨 돌인가 하는 놈 있잖은가."

"그 뱀 혓바닥 같은 놈?"

"그 놈이 야단을 쳐도 계속 지랄맞게 구는구만."

"어떤데?"

"집집이 돌아다니면서 부인들에게 곤욕을 보이려고 들어서 큰일이야."

"골통 부하 두었다가 첩년들에게 잘하는 짓이지…… 무슨 사건이라도 있었나?"

"있다마다…… 선생님이 오시기만 하면 그놈을 그냥 두시지 않으실 거야."

"또 한양에 오시게 할 작정인가?"

"그게 어디 내 맘인가."

"흑석골을 아주 망하라고 해라."

"한양 좀 오신다고 망하나? 이 사람아, 흑석골의 존폐는 토포사를 보내고 안 보내고에 달려 있는 것이지."

"……"

"토포사를 보내지 않도록 미리 공작을 하는 게 상책이야."

"나라에서 보내는 것을 무슨 힘으로 막겠나."

"뒷구녕으로 그만한 일 하나 못하고 뭘 하겠나?"

"우릴 한번 살려주게."

"내가 누굴 죽이겠다고 했는가? 술이나 더 드세."

두 사람은 밤이 깊도록 술을 마셨다.

하 두령은 며칠 동안 술을 원없이 마셨다. 게다가 안구의 덕분으로 한양 기생방에도 가 보았다.

"기생방을 알아야 인생을 아는 거야."

"인생?"

"점잖게 살다가 가는 인생은 반편짜리 인생이야. 기생 엉덩이 밑에 나머지 반편이 숨어 있지."

"그럼 자네는 남보다 몇 곱절 인생을 사는구먼."

"따지고 보면 그렇지…… 하하하. 기생맛은 무엇하고도 못바꾼다네."

"어떤 맛인데?"

"달콤하고 씁쓸하고……"

"달면 달았지 쓴것은 또 뭔가."

"그 씁쓸한 맛이 또 사람을 끌거든."

"그 사람 참, 알다가도 모를 소릴세."

그날 밤, 안구는 왕동이에게 기생을 붙여 주었다. 기생이 왕동의 방에 들어오기 전, 안구는 왕동을 바짝 달아오르게 해 놓았다. 기생을 다루는 태도에서부터 희한한 재미를 볼 수 있는 방법까지 구구절절히 바람을 들여놓았던 것이다.

희멀건한 한양 기생의 다리 밑은 처음인 왕동은 술이 오르자 은근한 기대로 가득 찼다.

왕동은 산골에서 훈련으로 단련된 지칠 줄 모르는 체력에다 걷는 데는 누구도 따라올 수 없는 단단한 하체를 가지고 있었다.

왕동은 오늘 밤 기생의 입에서 게거품을 흘리게 하리

라고 아예 단단히 마음을 먹었다.

그 이튿날, 안구가 왕동을 보았을 때, 왕동은 실실거리며 좋아했다.

"그래, 기생 맛이 어떻든가?"

"달작지근하더구만."

"쓰진 않고?"

"신 듯하면서 달콤하던걸."

"시다고? 하하하…… 한양 사람 다 됐네."

"어젯밤에 아주 임자를 만났네."

"밤이 새도록 방아찧는 소리가 대단하더군. 몸은 괜찮은가?"

"아주 개운한 게 감칠 맛이야. 그나저나 오늘쯤은 내려가야겠어."

"왜? 마누라한테 혼날까 봐."

"예끼 이 사람아! 여편네보다 누님 병환이 어찌 됐는지 걱정이지."

"누님 생각은 끔찍하군."

"내게는 누님 한 분뿐인걸."

"새로온 기생 맛은 어쩌고?"

"자꾸 그러지 말게."

"하룻밤만 더 자고 가게. 오늘 저녁엔 동기(童妓) 하나 머리 얹어주게."

"머리를 얹다니."

"어린 기생이니 시집을 보내는 것이지."

"재물이 많이 들겠군."

"좀 들기는 하지만 자네 위해서라면 내가 뭐든지 해주지. 한양 친구가 좋다는 게 뭔가."

"……"

하왕동은 동기라는 말에 거절할 수가 없었다. 동기에게 첫남자가 되는 행운은 아무나 누리는 것이 아니기 때문이었다. 말만 들어도 풋풋한 동기의 몸을 생각하니 다시 아랫도리에 힘이 들어갔다.

그날 밤, 왕동은 평생에 처음으로 동기의 몸을 안았다. 동기는 나긋나긋하고 보드라운 살결에 부끄러워 고개를 들지 못했다. 왕동이 다가서기만 해도 몸을 떠는 것이었다.

왕동도 많은 여자를 겪어 봤지만 사뭇 떨리는 마음이 스스로 이상할 정도였다. 자신의 억센 몸이 이 여자에게는 평생 지워지지 않겠구나 라고 생각하니 함부로 다룰 수도 없는 일이었다.

왕동은 밤이 새도록 늦추고 죄면서 정성을 다했다. 동기도 딱딱했던 몸이 어느덧 왕동의 품안에서 봄눈 녹듯 녹아내렸다.

밤새도록 비명 소리와 땀으로 뒤범벅이 되었다.

늦은 아침이 되어서야 깨어난 왕동이 짐을 챙기고 있었다. 어느새 들어온 안구가 왕동을 놀리듯 말을 걸었다.

"자네 대단하더구만."

"또 무슨 소리로 날 유혹하려고."

"동기가 아주 녹초가 되어서 하는 말이 잊을 수 없는 밤이 될 거라고 하던걸."

"그야 당연하지."

"어쨌든 자네나 동기나 찰떡 궁합인가 봐."

"오늘은 가야겠어."

"자네도 회포를 다 풀었으니 나도 더 이상은 안 잡겠네."

그러나 왕동은 그 동기와 하룻밤을 더 묵고서야 흑석골로 돌아갔다.

아내를 잃은 눈물

왕동이 흑석골에 돌아오던 날이었다. 꺽정의 부인이고 하 두령의 누님인 백손 어미가 한많은 세상을 등지고 말았다.

왕동이 약재를 가지고 돌아왔을 때는 이미 죽어가는 누님의 작은 몸뚱이가 기다리고 있었다. 왕동인 조금만 더 빨리 올 것을 하며 땅을 치며 후회를 했다.

그러나 사람의 목숨은 하늘이 정하는 것이었다. 왕동의 후회는 아무런 소용이 없었다.

백손 어미가 마지막 숨을 몰아쉬면서 꺽정의 손을 잡고 말했다.

"내 죽거들랑……"

"그런 말 말어. 자네가 죽긴 왜 죽어."

"내 죽으면…… 한양 동생들…… 모두…… 데려다 사세요."

"……"

"날…… 부처님께…… 천도해 주세요."

그리고는 왕동의 손을 힘없이 잡았다. 아무 말 없이 눈물만 볼을 타고 흘렀다.

"자형을 잘 도와…… 큰일을 해야 한다."

백손 어미는 마지막 숨을 쉬기 위해 기를 썼다. 백손은 어머니의 손을 붙들었다.

"불쌍한 것…… 사내란 거 잊지 말고…… 아버지를 잘 받들어야……"

백손 어미는 말을 채 끝맺지 못하고 숨을 거두었다. 한 사람의 목숨이 순식간에 꺼져가는 것을 보고 꺽정도 처음에는 이게 웬일인가 하고 그저 멍할 뿐이었다.

왕동이와 백손이 죽은 어미를 부여잡고 뜨겁게 울부짖었다. 그제서야 정신이 든 꺽정이도 마누라를 소리쳐 불렀다.

"여보! 눈을 좀 떠보오…… 고생만 하다가 이게 웬 꼴인가."

왕동인 방바닥을 주먹으로 치며 후회했다. 자신이 하루속히 돌아와 약을 썼다면 혹시 모를 일이었다. 신선 노름에 도끼 자루 썩는 줄 모른다고 안구가 이끄는 대로 기생 치마폭에 쌓여 있었으니 혀를 깨물고 싶은 심정이었다.

"아이고, 누님! 제가 죽일 놈이요…… 누님."

"어머니…… 절 두고 혼자 어디로 가세요! 어머니!"

백손은 어미의 가슴을 파고들며 몸부림쳤다.

흑석골 안에 갑자기 큰 슬픔이 몰려왔다. 사람의 목숨을 수없이 살상한 흑석골 도적들도 대장 부인의 죽음은 슬프지 않을 수 없었다.

백손 어미의 죽음이 마치 국상(國喪)이라도 당한 것처럼 모두들 안타까와했고 분주했다.

꺽정은 슬픔을 이기지 못해 자꾸 울기만 했다. 이렇게 빨리 갈 줄은 예상치 못한 탓으로 꺽정이도 어쩔 줄 모르고 그저 눈앞이 막막할 따름이었다.

살아 있을 때는 한양 첩들 때문에 간혹 미운 생각이 들었던 때도 있었다. 하지만 마지막 길을 끝내 가고야 말자, 오랫동안 쌓여온 미운 정, 고운 정이 한꺼번에 터져 눈물이 되었다.

"그만 진정하시고 초상 치를 준비를 하셔야 합니다."

꺽정은 서림이 말려도 막무가내 눈물만 흘렸다. 꺽정의 눈물을 보지 못한 다른 두령들도 몸둘 바를 모르고 따라 울었다.

"유언대로 불당에 천도해야겠는데 어쩌면 좋겠소?"

눈물만 흘리던 꺽정이 백손 어미의 유언을 생각하고 걱정스레 말했다.

"가까운 절간이 없는데……"

옆에 있던 예가가 맞받아 말했다. 그러자 고개를 숙이고 있던 탁 두령이 의견을 내놓았다.

"스님을 한 분 모셔 왔으면 좋겠습니다."

그 말에 꺽정이가 고개를 끄덕였다.

서림의 지휘 아래 초상 절차가 빠르게 진행됐다.

수의(壽依)는 일등 비단으로 하도록 했고 관도 오동나무로 짜맞추어, 고인에 대한 모든 절차가 정성스럽게 이루어지도록 했다.

이 때 탑고개를 지키던 방 두령이 스님 한 사람을 모시고 왔다. 백발이 성성한 스님은 바로 장서주의 옛 스승이었던 상월노사(霜月老師)였다.

상월노사는 묘향산 보현사에 오래 있다가 다시 남방으로 이동하는 참이었다. 장서주는 노스승이 이곳을 지날 거라는 소식을 듣고 기다리고 있다가 모셔온 것이었다.

"스님, 몸은 건강하신지요?"

"누군지 모르겠는걸……"

"제가 방중달입니다."

"오, 그렇구나."

"대장 부인이 돌아가셔서 천도가 걱정이었습니다. 마침 스님이 알고 오신 것 같습니다."

스님을 모시고 여러 두령이 모여 있는 취의청으로 갔다.

"옛날에 저의 스승님이올시다. 스님께선 대장 형님 아주머니 영혼을 천도하시려고 일부러 이 산골짜기까지 오신 겁니다."

"감사합니다. 처소가 불편합니다만 오래 계셔 주시기 바랍니다."

꺽정이 스님에게 깍듯이 인사를 하고 예를 갖추었다.

상월 스님이 흑석골로 입산한 지 닷새 되던 날, 칠일장으로 부인의 장례를 지내게 되었다. 시체는 고인의 뜻을 받들어 화장을 하였고, 유골은 흑석골 뒷산에 묻었다.

상월노사의 염불 소리는 화장터에서부터 처량했다. 그 소리에 꺽정의 마음은 한없이 애절해졌다. 많은 사람을 죽이고 상하게 해, 사람 목숨의 존귀함을 그다지 모르고 지냈었다. 그러나 자신의 그림자같은 마누라가 죽자 애끓는 마음은 헤아릴 수가 없었다.

'살아서 조금만 더 아껴줄걸…… 공연히 한양 계집들 때문에 다리까지 분질러 놓고……'

그는 유골이 흙구덩이 속으로 들어가는 것을 보고는, 그간 못해 준 것들이 새록새록 살아나 자신을 괴롭혔다. 아프고 쓰린 마음을 어떻게 할 수 없어 끝내 계집의 머리처럼 산발이 될 정도로 울음을 터뜨렸다.

"여보…… 여보…… 이제 마지막이구려…… 날 두고 어딜 가오…… 여보……"

산채로 돌아와서도 꺽정은 통곡했다. 부하들도 생각지 못할 만큼 꺽정이 슬퍼하자, 어떻게 손을 써볼 도리가 없었다.

"고생만 시키다가……"

꺽정이 입만 열면 나오는 넋두리였다.

상월스님이 꺽정의 슬픔을 진정시키기 위해 법회를 열었다. 여러 두령과 두목은 물론 줄개들 마누라까지 취의청에 그득하게 모였다.

졸개들은 보통때에는 들어와 보지도 못하는 취의청이라 모두 긴장해서 노사의 말에 귀를 기울였다.

몸이 흰 구름을 따라
꼭두각시 세상에 왔다가

마음이 밝은 달을 따라
서방정토 향하도다

살아 오고 죽어 가는 것
오직 구름과 달과 같을 뿐

구름이 스스로 흐트러짐이여
달이 스스로 밝아지는도다

스님의 굵고 맑은 소리가 온 방에 우렁차게 흘러 넘쳤다. 방안은 물을 끼얹은 듯 고요했다. 울어서 눈이 퉁퉁 부은 껍정이까지 마음이 평안한 듯 조용하게 법을 들었다. 맑은 소리가 다시 방안에 퍼져 나갔다.

"몸뚱이가 흰 구름과 함께 이 꿈같은 세상에 온 것입니다. 이 세상은 허황된 꿈의 세계이지요."

스님은 주위를 그윽하게 둘러보고는 말을 이었다.

"꼭두각시가 금세 나타났다가 없어지는 것처럼 이 세상에 눈에 보이는 모든 것은 금방 나타났다가 없어지는 것입니다. 대장 부인도 마찬가지이지요."

"그거 정말이오?"

스님의 말이 신기했던지 곽서가 불쑥 소리를 질렀다. 꺽정이 곽서를 노려보자 곽서는 게눈 감추듯 입을 다물고 말았다.

"그렇습니다. 있다가 없어지는 것이 삼라만상의 이치입니다. 그러니 이 몸뚱이도 꼭두각시처럼 있다가 없어지는 것이지요."

졸개들이 보일 듯 말 듯 머리를 끄덕였다.

"그러나 마음은 밝은 달을 따라 서방 극락세계로 향하는 것입니다. 이 땅은 추하지만 저 언덕의 땅은 깨끗한 곳입니다. 그 깨끗한 땅에 대장 부인은 지금 앉아 계십니다."

그 때 노사가 꺽정의 슬픈 얼굴을 바라보았다.

"조금도 슬퍼하실 것이 없습니다. 그런 좋은 땅에 가 있으니 슬퍼하는 것보다는 오히려 기뻐해야 할 것입니다."

곽서가 믿기지 않았는지 다시 중얼거렸다.

"기뻐하라면 사람을 자꾸 죽여서 그 곳에 보내야겠구면."

"입을 닥치래두!"

꺽정이 눈을 부라리며 호령하자 곽서가 몸을 흠칫 떨었다. 노사의 설법은 계속되었다.

"인간이 이 세상에 온다는 것은 구름이 허공에 생기는 것과 같지요. 같은 이치로 인간이 사라진다는 것은 밝은 달이 없어지는 것과 같습니다. 그래서 구름이 흐려지면

밝은 달이 중천에 떠오르는 것입니다."

노스님의 말이 맺었을 때 꺽정의 마음 속에는 알 수 없는 환희가 샘솟았다. 스님이 진정으로 우러러보였다. 상월노사의 얼굴이 처음하고 다르게 보이는 것이었다. 마치 원광(圓光)을 쓴 부처님의 얼굴이었다.

'어쩌면 저리 거룩하고 빛나 보일까…… 이만하면 마누라도 법사의 힘으로 왕생극락할 수 있겠지.'

상월노사는 어느 정도 부처님의 뜻이 전해졌음을 느끼고 마지막 설법을 위해 입을 열었다.

"대무량수경(大無量壽經)이라는 불경에 이런 말이 있습니다."

노사는 꺽정이부터 모든 졸개들까지 한 번씩 빙 둘러보았다.

"착한 사람이 구함을 받음이거든, 어찌 하물며 악한 사람일까 보냐고 하셨습니다. 이 말씀은 악한 사람이 착한 사람보다 더 잘 부처님의 나라로 갈 수 있다는 말입니다."

이 말이 끝났을 때, 꺽정은 감격하여 자신도 모르게 머리를 두어 번 조아리며 법사를 우러러보았다. 다른 부하들도 머리를 조아리며 감격해했다.

방중달은 하도 고마웠던지 닭똥 같은 눈물을 뚝뚝 떨어뜨렸다.

"여러분들은 한번 뛰어서 부처님이 계신 여래(如來)의 땅에 들어가실 수 있는 제일 가까운 곳에 계십니다."

좌중은 서로 손을 잡고 기뻐했고 춤까지 추려는 사람

도 있었다. 껵정이 모두를 진정시키고 노사의 마지막 말
에 귀를 기울였다.

    원컨대 이 공덕으로
    널리 일체에 미쳐서

    나는 더불어 모든 중생이
    다 한 가지 부처를 이루어지이다

    노사는 편안한 음성으로 읊고는 조용히 자리를 내려왔
다.
    법회가 끝나자 모든 사람이 숙연했다.
    껵정은 술판에 가서도 눈물을 흘렸다. 그만큼 악인은
선인과 통하는 것인가. 노사도 입가에 미소를 띠우고 바
라보았다.

두 여인을 양팔에

혹석골의 초상으로 인해 인근 각처에서 막대한 부의와 조문이 끝없이 이어졌다.

그 가운데는 각 고을 아전들의 부의가 많았지만 특별히 황해 감영의 이방이 많은 부의를 보내온 것이 눈에 띄었다.

또한 평안도와 황해도의 만석지기 부자들과 양반들이 많은 위로의 재물들을 마차 가득히 보내왔다. 그것은 요 다음에 또 훔치러 오지 말라는 뜻과 강탈당하는 것보다는 선심쓰는 것처럼 보이는 것이 낫다는 생각이 들었던 것이다.

그만큼 관료와 이속(吏屬)들뿐만 아니라 돈을 만진다 하는 부자들은 모두 혹석골을 무서워했다.

마누라가 죽은 것은 꺽정에게 분명 슬픈 일이었지만, 여러 곳에서 물밀듯 밀려오는 조의품은 또다른 즐거움이었다.

"이만하면 대장께서 크게 덕만 잃지 않으면 장차 큰일을 할 수 있을 것 같습니다."

"과연 그럴까?"

"황해 영감에서까지 이방 비장이 물건을 보내지 않았습니까. 이방이란 한 도(道)의 살림을 맡아 하는 법인데 벌써 대장 어른을 높이 보신 증거가 아니고 무엇이겠습니까."

꺽정이 시들해 있는 것을 본 서림이 기를 살리기 위해 아첨했다.

"감영 영리가 본래 약다면서."

"약고말고요."

"약은 놈이니까 그랬겠지."

"그래도 다 앞을 보는 데가 있어서 그렇지요."

꺽정은 겉으로는 기쁜 체하면서도 속으로는 슬픔과 쓸쓸함을 이길 수가 없었다. 매일 긴 한숨으로 시간을 보내자, 서림이 나서서 꺽정에게 권유했다.

"가신 어른의 유언도 계시고 하니 한양댁들을 모두 옮겨 오시는 것이 어떻겠습니까?"

"……"

"한번 잘 생각해 보십시오."

꺽정은 한참을 생각하다가 무겁게 입을 열었다.

"삼년상은 몰라도 한 일 년은 고인의 복을 빌어야지.

그 다음에야 어쩌든지······"

꺽정은 고인과의 사랑의 의리를 지키려고 했다. 서림도 그 뜻을 알고 다시는 그 문제를 꺼내지 않았다.

흑석골 안은 한가하기 이를 데 없었다.

장서주는 상월노사를 못가게 붙잡아 앉혀 놓고 매일 법담을 듣기에 여념이 없었다. 꺽정도 간혹 저녁이면 그 좋아하는 술도 마다하고 상월스님의 법담 듣기에 열중했다.

어느날 법담 가운데 이런 말이 있었다.

바른 사람이 삿(邪)된 법을
이야기하면 삿된 법이
모조리 바른 대로 돌아가고

삿된 사람이 바른 법을
이야기하면 바른 법이
모조리 삿된 법으로 돌아가나니라.

꺽정은 이 법담이 가슴 깊이 들려 왔다. 반가운 마음으로 스님에게 여쭈었다.

"그러면 성측군왕(成側君王)하고 패측역천(敗側逆賤)하는 이치가 그 말씀과 같은 것이네요."

"암, 그렇고말고요. 군왕의 씨가 어디 따로 있습니까? 한번 천하를 호령하면 뜻을 얻어 임금이 되는 법이고,

만일 불행하면 역적이 되는 법이지요."

"저의 상(相)을 한번 보아 주실 수 없겠습니까?"

꺽정은 은근히 제왕의 상이 있는가를 물어보는 것이었다.

"상호라는 것도 의지력과 같습니다. 아무리 상호에 군왕의 상을 갖추어도 때와 장소를 만나지 못하면 아무것도 이룰 수 없지요. 비록 군왕의 상이 아니라도 굳은 의지력으로 태산같이 움직이면 군왕 이상의 사업을 이룩할 수 있는 것입니다."

꺽정이 신중하게 고개를 끄덕였다.

"부처님께서 막수불불해어(寞愁佛不解語)하라고 하셨습니다. 무슨 말씀인고 하니 부처되지 못함을 한탄해도 부처가 된 후에 설검할 수 없을까 근심하지 말라는 말입니다. 요컨대 임금이 될 만한 실력을 양성해 놓으면 아무리 임금이 되지 말라고 해도 되실 게 아니겠습니까."

"스님은 저에게 등불같으신 분입니다."

꺽정은 스님에게 깊이 고개를 숙였다.

어느날 저녁, 꺽정의 사랑방에 여럿이 모여 앉아 있을 때, 이 두령이 입을 열었다.

"별일 없으신데 한양이나 한번 갔다 오시지요."

"……"

"그렇게 앉아만 계시면 안 됩니다. 한양 가서 힘을 좀 얻어 오십시오."

"……"

"한양 집에서들도 기다리고 있을 텐데요."

"……"

"한번 갔다오십시오."

"글쎄…… 가보긴 가봐야겠는데……"

꺽정이도 가만히 생각해 보니 흑석골로 부인들을 데려오지는 않더라도, 자신을 믿고 기다리는 여인들을 한번쯤은 둘러봐야 겠다는 생각이 들었다.

처남인 하 두령이 입을 열었다.

"배돌이란 놈이 아주 죽일 놈입니다."

"왜?"

"행패가 심한 모양입니다."

"뭐야!"

꺽정은 자신도 모르게 소리를 버럭 질렀다.

"안구에게서 들은 얘기로는 그 놈이 여러 집으로 돌아다니면서 여자들의 몸을 노리고 있다고 합니다."

"왜 그 소릴 이제야 하나!"

"초상 때문에 경황이 없었지요."

"내일 아침 떠날 테니 흑석골 일은 예 두령이 당분간 대행하시오."

예가가 허리를 굽혀 명을 받았다.

이틀만에 꺽정이 한양에 당도했을 때는 땅거미가 질 때였다.

꺽정은 우선 열녀 과부의 오동포동한 몸집이 은근히 그리웠다. 자연히 발길이 그리로 향했다. 이리 오너라!

하는 호령도 없이 대문을 열고 쓰윽 들어갔다.

"누구요?"

열녀 과부의 경계어린 목소리였다.

"나야."

낯익은 목소리에 열녀 과부가 맨버선 바람으로 뛰쳐나왔다.

"연락도 없이 이게 웬일이세요?"

열녀 과부의 얼굴이 금세 싱글벙글 입이 벌어졌다. 껵정은 방으로 들어서자마자 누가 볼새라 잠시 안아주었다.

"그런데 집이 왜 이리 고요해. 아랫것들은?"

"빨래 나갔어요."

"사내놈은?"

"모르겠어요. 그 놈 때문에 별꼴 다 보고 살았어요."

"그게 무슨 말인가?"

껵정은 속으로 짐작이 가면서도 그렇게 물었다. 과부는 그간 지낸 얘기를 기다렸다는 듯이 껵정에게 설명했다.

"글쎄, 그 놈이 날보고 같이 살자는구려."

껵정은 어이가 없다는 듯이 한숨을 쉬는 과부를 멀건히 바라보았다.

"나리 가신 다음 날부터 행패를 부리기 시작해 오늘까지예요."

"건너 집에도 그랬는가?"

"제 버릇 개 주겠어요?"

"이놈을 당장."

바로 그 때, 배돌이가 마당 안으로 들어섰다. 벙긋이 열린 문 안으로 과부가 보이자 수작을 붙였다.

"그래, 어찌 생각 하는 거요. 이제 나와 아주 결판을 내자니까."

방안에서 과부가 꺽정을 보고 눈을 꿈벅했다. 가만히 있으라는 신호였다.

"무슨 귀결?"

"귀에 대못을 박았나, 질기기도 하네. 살려면 빨리 이불을 펴고 안 살려면 내 알아서 일을 처리 할테니까…… 양단간에 결정합시다."

그 때 꺽정이 방문을 드르륵 열어제꼈다.

"이놈아, 나하고 살자! 이 찢어 죽일 놈 같으니라구."

벼락같이 고함을 지르며 뛰쳐나갔다.

"아이고! 그런 게 아니라…… 선달님이 오시기 전에 교육을 좀 시키느라……"

금세 변명을 하며 실실 웃는 배돌이었다.

"무엇이 어쩌고 어째? 배은망덕해도 분수가 있지. 이 여우새끼같은 놈아."

꺽정이 멱살을 쥐고 치켜 올리자, 배돌의 발이 공중에 떠올랐다.

"땅바닥에 패대기를 치면 넌 오늘로 끝이다. 이 정신 나간 놈아."

"살려주십시오! 선달님…… 아니 할아버지."

"아무래도 너 대가리가 한 반쯤은 깨져 봐야 정신이

돌아오겠다."

두 손을 싹싹 비는 배돌이를 땅바닥에 메다 꽂았다. 죽을까 봐 힘을 적게 들여 던졌건만 배돌이는 그대로 까무러쳐 버렸다.

"죽지 않았어요?"

"글쎄……"

"죽었으면 어쩌죠?"

"워낙 간사한 놈이라 흉물 쓰는지 누가 아오."

"저런 흉물꾼은 처음 봐요. 저런 인간을 왜 비부로 들였어요."

"저 놈과 만난 얘기가 좀 길지."

꺽정은 배돌이를 만난 전후 사연을 모조리 다 얘기해 주었다.

"정신 나간 놈이니 찬물이나 끼얹어 보구려."

과부가 얼음같이 찬물을 한동이 가져다 온 몸에 쏟아 부었다. 그러자 배돌이가 꿈틀했다.

"살았어요."

"아주 없애버릴까?"

그 말에 죽은 줄 알았던 배돌이 눈을 번쩍 뜨고는 무릎을 꿇고 앉았다.

"아이쿠, 제발 안 그럴테니 죽이지만 말아 주십시오."

"네가 범한 죄를 알긴 아느냐?"

"선달님도 야속하십니다. 가시면 아주 가시든지 하셔야지 가시는 것처럼 하셔 놓고 이제 와서 저를 이 지경으로 패십니까요."

"뭐야?"

"아주 가신다고 하셨으면 제가 감히 넘보았겠습니까?"

"미친놈이 말은 잘 한다."

"아직 미치지 않았습니다."

"뭐야? 오늘부터 내 눈앞에서 썩 꺼지거라! 만일 한번만 더 나타나면 넌 내 손에 죽는다."

"해도 너무하십니다. 경기파산하고 선달님만 믿고 쫓아온 놈을 맨주먹으로 내쫓을 수야 있습니까? 선달님같은 영웅도 별수 없구먼요."

"뭐가 별수 없어. 이놈아!"

"영웅호걸로 보이는 분도 베개 넘어 송사엔 별수 없다는 말씀입니다. 베개 넘어 송사가 옥합(玉盒)을 뚫는다는 말이 있더니 거짓말이 아닙니다요."

"네가 사람 새끼 짓을 했어야지. 개소리 작작하고 썩 꺼지거라."

"……"

꺽정은 배돌이를 과부의 집에서 사정없이 쫓아 버렸다.

열녀 과부는 오랫만에 꺽정을 만나 쌓인 정을 풀려고 했다. 그런데 꺽정이 주춤주춤 일어서려 하는 눈치였다.

"왜 이러세요?"

"응…… 잠깐 옆집에 들리려고……"

"진지도 들지 않으시고."

"밥은 건넛집에서 먹고 잠은 여기 와서 자야지."

"호호호……"

"왜 웃나?"

"밥 맛은 건넛집이 좋으신 모양이지요?"

"음…… 그렇지."

"그럼 잠자리는요?"

"잠자리야 이 집이 최고지."

"아이…… 나으리도……"

"잠시 밥 먹고 올게."

"진지만 드시고 빨리 오셔야 해요."

꺽정이 조씨 집 문을 열고 안으로 들어서자, 조씨는 눈물을 훌쩍이고 있었다. 매일 밤 눈물로 날을 보내고 있었던 것이다.

꺽정이 헛기침을 한번 하자, 양반 가문의 조씨가 체면도 없이 우당탕탕 뛰어나왔다.

"이게 누구시오?"

"나지 누구겠소."

조씨는 방으로 뫼실 생각도 못하고 넋나간 듯 그저 꺽정의 얼굴만 쳐다보았다. 꺽정이 조씨의 어깨를 감싸안고 문지방을 넘어섰다.

"보고 싶었소."

꺽정이 은근한 말투로 조씨를 위로했다. 조씨는 방안에 들어서자마자 배돌이 얘기부터 튀어나왔다.

"나으리, 무슨 놈의 그런 녀석을 밑에 두셔서 사람의 애를 태우게 하세요."

"다 알고 있네."

"아시기만 하면 뭘해요. 빨리 그 놈을 없애 주시든지

저를 아주 데리고 가시든지 양단간에 결정을 해주세요."

"그 놈이 어떻게 했길래 그리 치를 떠는가?"

"별의별 꼴을 다 겪었어요. 글쎄, 그 놈이 저하고 살자나요? 미친 놈인지 알았더니 정신은 멀쩡한 것 같아요."

"그래서?"

"밤낮으로 찾아와서 밤에 심심치 않으냐는 둥, 또 혼자 무슨 재미가 있느냐는 둥 능글능글 웃으면서 그러는데 아주 질릴 정도예요."

"그뿐인가?"

"왜 그뿐이겠어요. 제 손목을 다 잡아당기질 않겠어요."

"봉변을 단단히 당할 뻔했군."

"그러면서 하는 소리가 사내면 다 사내지 임 건달만 사내냐구요. 그래서 제가 따귀를 한대 갈겼더니 이를 갈면서 그냥 가더라구요."

"저런 죽일 놈!"

"한 번은 또 기막힌 일이 생겼어요."

"그보다 기막힌 일이 또 있었나?"

"글쎄, 나으리가 흑석골 임꺽정이란 큰 도적놈인데 곧 관가에 붙잡힐 거라구요. 그러니 그냥 앉아서 날벼락 맞지 말고 자기하고 도망을 가든지, 어차피 고생할 팔자니 자기에게 몸보신이나 시켜 달라고 하질 않겠어요."

"발칙한 놈! 그래서 어쨌는가?"

"그래서 미친놈이 미친 수작 하지 말라고 호통을 쳤지요. 그랬더니 한다는 소리가 지금이라도 포도청에 고발

만하면 자기는 큰 상금을 타고 나는 붙잡혀 죽을텐데 그
래도 자기 말을 안 듣겠느냐는 거예요."

"저런 밟아 죽여도 시원치 않을 놈일세."

"제가 매일 얼마나 기가 막힌 줄 아세요."

"곤욕을 당해도 단단히 당했구만."

꺽정은 위로하는 뜻으로 조씨에게 입을 맞추었다.

"아이…… 이러지 마세요. 내일 어디로든지 데려갈 궁
리나 하세요."

"수일 내에 데려 갈테니 아무 걱정 마오."

꺽정은 부끄러워하는 조씨의 얼굴을 잡고 나긋나긋한
입술을 빨았다. 조씨도 거절치 못하고 고개를 뒤로 제쳐
눈을 지그시 감았다.

꺽정의 더운 입김이 조씨의 혀로, 귓볼로, 목으로 파고
들었다. 조씨는 꺽정의 까칠한 수염을 쓰다듬으며 낮은
탄성을 질렀다.

꺽정의 손이 조씨의 가슴을 헤집고 들어가 더듬기 시
작했다. 점점 거칠어져가는 꺽정을 보던 조씨가 갑자기
눈물을 떨구었다.

꺽정이 손을 멈추고 조씨의 눈물을 닦아주었다.

"이 사람아, 울긴……"

"……"

"지금까지 그렇게 서러웠는가?"

"나으리의 숨소리를 들으니 저도 모르게 눈물이……"

조씨는 눈물이 많은 여자였다. 그러나 이 날의 눈물
앞에서는 꺽정도 콧날이 찡해지는 것 같았다.

꺽정은 조씨의 눈물을 이해할 수밖에 없었다.

조씨는 뼈대있는 양반의 집 막내딸로 태어나 도깨비같이 동분서주한 서방을 모시고, 그것도 모자라 이웃 과부와 서방나누기를 하고 있는 처지였다.

게다가 서방이 흑석골 도적 임꺽정이라는 배돌이의 말을 듣고는 팔자가 기구하게 생각되었다. 모진 목숨 끊지는 못하고 도적이라도 이미 남편인 이상 하늘처럼 받들어야 한다고 스스로 다짐을 했다.

하지만 자신을 버리고 아주 도망한 것은 아닐까 하는 불안감으로 잠시도 마음이 편하지 않았는데 막상 꺽정을 보자 눈물이 터진 것이다.

"이젠 절대 가시지 마세요."

"……"

"가시면 안 돼요. 네?"

"안 가리다."

"정말이에요?"

조씨는 어린아이처럼 기뻐하며 껑충 뛰어 꺽정의 무릎 위로 올라앉았다.

"희한하구려. 당신이 이렇게 귀여움도 떨고."

"아이참…… 당신이 너무 그리웠어요."

꺽정은 조씨를 꽉 껴안았다. 꺽정의 품 속에서 조씨는 또 눈물이 글썽거렸다.

그날 밤, 꺽정은 과부의 집으로 가지 못하고 조씨 집에서 그냥 머무르게 되었다. 꺽정이 안절부절 못하자 조씨는 꺽정의 품 속으로 더 파고들었다.

“건너집엔 가지 마세요.”

“……”

“가시려고요?”

“모두에게 똑같이 해줄게.”

“……”

열녀 과부는 꺽정을 아무리 기다려도 오지 않았다. 꺽정이 조씨 집에 있는 줄 알았지만 체면상 어쩔 수가 없어 꾹 참고 앉아 있었다.

그러나 꺽정의 얼굴을 본 순간부터 벌렁이는 가슴을 억제할 수가 없었다. 지금까지 참았던 욕정이 터지려 했던 것이다.

오랜 날들을 허벅지를 꼬집으며 참았던 것이라 더더욱 견디기가 힘들었다. 가슴에서 뜨거운 기운이 뻗치고 숨이 가빠졌다.

“이…… 이 빌어 먹을 녀석이……”

목에까지 참았던 욕정이 저도 모르게 욕이 되어 터져 나왔다.

“날 버리고 양반집 딸에게…… 기가 막혀……”

과부는 손을 들어 가슴을 문질렀다. 옷고름이 금세 풀어져 흘러내렸다.

“저놈을 어떻게…… 흐흐으……”

가슴에서 천천히 아랫쪽 두덩을 더듬어 내려갔다. 봉긋이 솟아오른 불두덩이 뜨거웠다.

뻣뻣하게 다리에 힘이 들어가면서 자신도 모르게 엉덩이가 하늘로 들썩거렸다. 가만히 손을 불두덩 속으로 집어 넣었다. 몸이 부르르 떨려왔다.

"아아…… 으흐……"

신음이 흘러 나올수록 화가 치밀었다. 바로 담 너머에 그토록 기다리던 서방이 있는데, 손장난이나 하고 있는 자신에게 화가 났다.

꽃길은 이미 젖을 대로 젖어 누군가의 발길이 필요로 했다. 아주 시원스럽게 헤쳐나갈 억센 기운이 그리웠다.

'이게 뭐야…… 홍수가 났어……'

과부의 눈은 게슴츠레하게 풀렸고, 벌어진 입은 혀로 연신 입술을 적셨다.

'자기를 이렇게 기다리는데…… 나쁜 놈…… 한번 가 볼까?'

과부는 담 너머에서 회포를 풀고 있을 두 사람을 생각하자 도저히 견딜 수 없었다. 또한 부러움이 목까지 차오르는 것 같았다.

'저 집으로 가보자. 그런데 만일……연놈이 한참 그 짓을 하고 있으면 난 어쩌지?'

과부는 벽을 기대고 일어나 앉았다. 머릿속이 어지럽게 돌아갔다.

'나도 중간에 끼어들까? 그래! 서로 다 그렇고 그런 사인 걸 뭐 어떨라구.'

벌떡 일어나 옷매를 추스리던 과부는 다시 주저앉고 말았다.

'아니야 난 용기 없어…… 가서 따지기라도 할까?'

과부는 이러지도 저러지도 못하고 속만 태웠다. 체면

과 욕망 사이에서 몸부림치고 있던 것이다.

그러나 아무리 이를 악물어도 한번 뜨거워진 몸뚱이는 멈출 줄 모르고 터질 듯이 과부를 괴롭혔다.

과부는 조씨 집을 향해 성큼 성큼 걷기 시작했다. 조씨의 방문 앞에 선 과부는 크게 한숨을 쉬었다. 안에서 은밀한 신음이 새어 나왔기 때문이었다. 그러나 아직 깊은 단계에 들어간 것 같지는 않았다.

그 때 꺽정이는 조씨에게 의무적인 애무를 하고 있었다. 조씨는 워낙 감정이 풍부한 여자였기 때문에 분위기에 몸이 끓는 여자였다.

꺽정은 마음같아서는 들이밀고 빨리 끝장을 보고 싶었지만 조씨에게는 애무가 중요하다는 사실을 알고 있었다.

이것이 과부라면 벌써 불이 붙어 지붕이 들썩거릴 텐데라고 생각했다. 그만큼 과부는 몸으로 말할 줄 알았다.

꺽정도 은근히 과부의 몸이 그리웠다.

'육체는 과부 이상이 없는데…… 꽃길은 또 얼마나 뜨거운데……'

꺽정은 과부 생각에 자신도 모르게 손길이 거칠어졌다. 조씨는 인상을 찌푸리며 아프다는 시늉을 해보였다.

꺽정은 오랜만에 온 한양 나들이가 이래서는 안 된다는 생각을 했다. 이왕이면 멋지게 첫날밤을 보내고 싶은 욕심이 일었다.

찡그린 조씨의 얼굴을 빤히 쳐다보던 꺽정이 입을 열었다.

"우리 과부 불러서 한방에서 잘까?"

"……"

조씨 자신도 알고 있었다. 언제나 자신의 몸이 꺽정의 억센 몸을 다 받아낼 수 없다는 것을.

"과부도 좋은 여자야. 그리고 셋이 자는 것도 즐겁지 않겠는가?"

"……"

꺽정이 설득하느라고 조씨의 몸 여기저기를 주무르고 있을 때 과부가 들이닥친 것이었다. 문 밖에서 토라진 여자의 헛기침이 들렸다.

"누구요?"

"나지요."

"나가 누구냐니까?"

"서방 찾아온 년이지 누구긴 누구요."

"오라."

꺽정은 옷이 흘러내린 채로 문을 벌컥 열었다.

"……"

"……"

"……"

순간, 세 사람은 아무 말이 없었다. 한 서방과 두 부인. 그것도 일을 치르고 있는 남자와 여자 사이에 한 여자가 대담하게 동참하겠다는 눈빛이었다.

과부의 태도는 함께 한방에서 자도 괜찮겠냐는 물음이었고, 조씨도 내쫓지는 않겠다는 태도였다. 약간의 침묵이 흐르고 꺽정이 먼저 입을 열었다.

"어서 이리와."

의무적인 애무에 지쳤던 꺽정의 가슴에 음욕이 불끈 솟아올랐다. 마누라가 죽은 이후로 여자의 살결을 본 것이 오늘이 처음이었다.

게다가 두 여자를 품고 마음껏 춘정을 쏟아 넣어도 괜찮은 자리가 마련된 것이다.

"뭘 그리 멀뚱이 서 있소. 어서 이불 속으로 들어오시오."

"미안해서……"

꺽정이 빙긋이 웃으며 과부를 끌어들였다. 과부는 아무 말 없이 슬쩍 돌아서서 옷을 벗었다.

"괜찮아……"

"……"

과부가 꺽정의 옆으로 몸을 뉘였다.

"자, 이쪽 팔로……"

"……"

과부의 달아오른 몸이 뜨겁게 느껴졌다.

꺽정은 팔을 뻗어 과부의 가슴을 쓰다듬었다. 과부는 금방이라도 달려들 것처럼 몸을 들썩였다.

꺽정이 몸을 일으켜 두 사람을 가깝게 뉘였다. 한 손으로는 과부의 가슴을 또 한 손으로는 조씨의 허벅지를 살살 쓰다듬었다.

과부는 팔을 뻗어 꺽정의 든든한 가슴을 주무르기 시작했다. 이제서야 꺽정도 몸이 달아오르는지 손아귀에 힘이 더해져갔다.

조씨는 흥분하는 꺽정을 물끄러미 바라보다가 과부가 하는 식으로 손을 뻗어 꺽정의 가슴을 어루만졌다. 꺽정이 조씨를 보고 빙긋이 웃어보였다.

그 순간, 과부의 손이 꺽정의 다리 사이로 빠르게 미끌어져 들어가자 꺽정의 눈이 둥그래지며 낮은 탄성을 질렀다. 손이 큰 과부로서도 꺽정의 대물을 한 손으로 애무하기에는 역부족이었다.

과부가 조씨를 보고 슬몃 웃음을 지어보이고는 조씨의 손을 끌어다가 꺽정의 대물에 갖다 대게 했다.

조씨는 흠칫 놀라는 기색이었다. 그러나 꺽정의 게슴츠레해지는 얼굴을 보고, 과부가 하는 대로 손아귀에 힘을 가했다.

두 여인의 보드라운 손이 한꺼번에 대물을 잡고 움직이자, 꺽정의 대물이 천천히 고개를 들기 시작했다. 꺽정도 두 손이 바빠지기 시작했다.

두 여인의 사타구니는 흥건해져 있었다. 특히 애액이 많은 과부의 꽃길은 꺽정의 손가락을 흠뻑 적시고도 쉴 새 없이 흘러나왔다. 마치 수맥이 터져 물길이 솟아나듯 생기있는 꽃길이었다.

눈을 감은 조씨도 다리를 꼬고 손을 바쁘게 움직이기 시작했다.

과부의 탄성 소리는 방안을 후끈 달아오르게 했다. 세 사람은 마치 악기를 연주하는 것 같았다. 꺽정의 손놀림에 맞추어 두 여인의 손도 박자를 맞추었고 과부의 신음 소리는 추임새였다.

꺽정의 대물이 하늘을 향해 힘차게 고개를 들었다. 그것은 마치 땅을 향해 곤두박질치는 거대한 폭포의 기운이었다.

꺽정이 조씨의 몸 구석구석을 탐험해 가기 시작했다. 갸날픈 조씨의 몸이 휘영청 꺾였다. 과부 역시 꺽정의 등과 엉덩이를 흥건히 적시고 있었다.

과부는 뒤에서 잡은 대물을 놓칠까 봐 매미처럼 꺽정의 몸에 바싹 들러붙었다.

조씨의 입에서 거친 숨소리가 터져나왔다. 이 때까지 이렇게 흥분된 소리는 꺽정도 처음 듣는 것이었다.

방안은 온통 세 사람의 탄성으로 뒤덮여 있었다. 과부는 더 이상 몸을 주체하지 못하고 일어섰다. 꺽정의 머리 위로 자리를 옮겨 코 앞에서 다리를 벌렸다. 꺽정의 상투를 쥐고 자신의 꽃길을 꺽정의 얼굴에 갖다 대었다. 실로 대담한 행동이었다.

꺽정의 손과 입은 숨 쉴새 없이 움직였다. 상투를 잡은 손이 거칠게 앞뒤로 흔들렸다. 흥분한 조씨의 손이 꺽정의 대물을 잡으려고 버둥거렸다. 두 여인은 더 이상 참을 수 없을 만큼 몸이 달아오른 것이다.

꺽정도 마누라가 죽은 지 반 년이 흐르도록 여자의 살냄새를 맡지 못했던 것이다. 오늘에야 참고 참았던 욕정을 한 방울도 남김없이 다 쏟아붓고 싶은 심정이었다.

그것은 여인들도 마찬가지였다. 어제까지는 싸늘한 몸뚱이에 불과했지만 님과 함께 하는 밤은 생기있는 옥쟁반이었고 현을 퉁기는 명기(名器)였던 것이다.

"자네들…… 대단하구먼…… 지금까지 어떻게……"

"당신도…… 미쳐……"

"더…… 못 참겠어……"

꺽정의 대물이 조씨의 손에 끌려 꽃길로 빨려 들어갔다.

"허헉……"

조씨는 꺽정이 다른 사람 같았다. 늘 함께 한 잠자리였지만 오늘 밤은 이상한 욕심이 자신을 더욱 달뜨게 하는 것 같았다.

꺽정의 거대한 몸이 움직이기 시작했다. 위로는 과부의 다리 아래를 들락거렸고 아래로는 조씨의 몸을 연주하는 것이었다.

"이 귀여운 것들…… 삼천궁녀도 부럽지 않아……"

"언니…… 나으리를 아주…… 죽이시는구랴."

조씨가 꺽정의 허리를 으스러져라 바짝 끌어당기자 과부가 하는 말이었다.

"동생, 흐흠…… 조금만 참아……"

어느새 두 사람은 흥분이 목까지 차올라 서로 경계하던 마음은 달아나 버렸다.

조씨의 아랫배가 두어 번 둥실 둥실 떠오르더니 온몸을 부르르 떨었다.

조씨는 꺽정의 대물을 아쉬운 듯 빼내어 과부의 손에 쥐어주었다.

"오늘은 내가 자네들 종일세."

"아직도 이렇게 힘차시네…… 나으리는 하룻밤에……

마님 열 명은 모셔야……"

과부가 만족한 듯이 꺽정의 대물을 툭툭 건드렸다.

"앞 문을 여셨으니…… 이제 뒷문을 열어 드릴까?"

과부는 냉큼 엎드려 하얀 엉덩이를 흔들었다. 보채는 아이의 칭얼거림같은 몸짓이었다. 꺽정이 무릎걸음으로 다가가 과부의 다리를 알맞게 맞추었다.

이윽고 두 사람은 다시 춤을 추기 시작했다. 요란한 움직임이었다.

꺽정이나 과부나 어느 한 사람도 주저하는 기색이 없었다. 모순(矛盾)의 창과 방패였다. 못 뚫을 것 없는 창과 이 세상 어느 것이라도 막아낼 수 있는 방패와의 만남이었다.

꺽정이 앞으로 힘차게 내뻗으며 과부는 그것을 세차게 받아냈다. 질척이는 진창에서 만나는 소리가 북 울음 소리를 울렸다. 과부의 하얀 엉덩이가 위로 아래로 할 것 없이 휘젓기 시작했다.

꺽정의 허벅지도 굵은 실핏줄이 튀어 나올 정도로 단단히 뿌리를 내리고 있었다. 방안은 온통 거친 숨소리와 더운 기운으로 한여름을 무색케 할 지경이었다.

그야말로 후회없는 밤이었고, 거칠 것 없는 장단이었다.

소향이와 방아를 찧다

그 다음 날 밤도 조씨와 과부를 두 팔에 껴안고 질펀한 놀음을 벌였다.

조씨와 과부는 어느새 언니, 동생 사이로 말을 텄고 음식도 서로 나눠먹는 사이가 되었다. 두 사람 모두 지금까지의 응어리가 싹 달아날 정도의 시원함을 느꼈던 것이다.

꺽정은 두 사람의 행동을 기쁘게 바라보았다. 진작에 한방에서 속정을 털어놓게 했으면 하는 아쉬움까지 들 정도였다.

꺽정은 다음 날에야 종실녀의 집으로 찾아갔다. 종실녀는 다시 나타난 꺽정을 보자 몸을 가누지 못할 정도로 반겼다.

"절 버리시고 아주 가신 줄만 알았어요."

"할 말이 없네⋯⋯"

늙은 장모도 눈물을 뚝뚝 흘리며 꺽정을 탓했다.

"세상에 그런 법이 어디 있는가. 이 사람아."

"이제는 혼자 못가셔요."

꺽정은 종실녀를 위안시키고는 일어서려 했다.

"내 잠시 다녀 올 곳이 있네."

"가시기는 어딜 가신다는 거예요. 오늘은 절대 못 가십니다."

종실녀의 표정은 단호했다. 꺽정도 미안한 마음에 다시 주저앉을 수밖에 없었다.

"그간 고생이 많았지?"

"글쎄, 그 미친놈은 무엇하러 사귀어 가지고 사람을 이렇게 못살게 굽니까?"

"왜?"

"왜가 뭐예요. 나으리가 그 놈에게 한양 살림을 다 맡기셨다면서요?"

"그게 무슨 말인가?"

"그 놈이 그러던걸요. 그러면서 꼭 제 계집의 집처럼 와서는 행패가 여간 심한 게 아니었어요."

"저런 죽일 놈을 봤나."

"요즘 심심해서 어찌 지내느냐는 둥 하룻밤 같이 해보자는 둥 차마 입에 담지도 못할 소리를 해대는 거예요."

"진드기 같은 놈이었군."

"그 놈이 한밤중에 찾아 들어와서는 옷고름을 잡아당

기지 않겠어요! 그래서 소리를 질렀죠. 어머님이 나오셨기에 망정이지……"

"내 화풀이를 단단히 해 줄 테니 마음을 놓게."

"오늘 밤 또 올지 모르니 나으리는 못 가십니다."

오랫만이라고 종실녀는 닭까지 잡아 탐스럽게 음식을 차려 내왔다. 꺽정도 출출하던 차여서 허리끈까지 풀어 제치고 맛있게 음식을 비웠다.

"자네의 음식 솜씨가 놀라워졌군."

"조씨만은 못하지요."

"조씨 얘긴 어디서 들었나?"

"다 듣는 데가 있지요."

"이만하면 조씨 음식 못지 않아."

"겨우 못지 않으세요?"

"이 사람도 참…… 훨씬 맛있네그려."

"호호호…… 이제 됐어요."

꺽정은 식후에 집뜰 안을 이리저리 거닐었다. 그것은 사십 평생 하던 버릇이었다. 훈훈한 미풍이 불어왔다. 몸 구석구석으로 스며드는 간지러운 바람이었다.

"나으리…… 기분이 좋으신가 봐요."

어느새 뜰로 내려온 종실녀가 어둠 속에서 다가왔다. 방에서 볼 때와는 또 다른 느낌이 전해졌다.

"나으리…… 제가 얼마나 외로웠는지 아세요?"

응석을 부리듯 샐쭉 토라진 얼굴이었다. 산들 바람에 실려 종실녀의 향기가 은은히 풍겨왔다.

"여보……"

꺽정이 은근한 목소리로 종실녀를 불렀다.

"왜 그러세요?"

종실녀가 큰 눈을 깜박였다. 마치 산 속에서 포수를 만난 토끼의 얼굴이었다. 꺽정이 와락 끌어안았다.

"방으로 들어가셔야지요."

"우리 저 숲 속으로 갈까……"

종실녀를 안은 채 귓속에 소곤거렸다.

"아이, 망칙스럽게…… 우리가 무슨 개인가요."

"따지고 보면 개나 사람이나 다를 게 뭐 있나."

꺽정이 우람한 팔로 종실녀를 번쩍 안아 들었다. 자욱하게 나무와 풀이 엉켜 있는 으슥한 곳으로 발걸음을 옮겼다.

"아이…… 나으리, 방으로 가요."

"방보다 여기가 진짜 좋은 곳이야. 하늘을 이불 삼고 땅을 베개 삼으면 되는 것이네."

꺽정은 윗 옷을 벗어 풀밭 위에 깔았다. 종실녀를 조심스럽게 내려놓고는 입술을 맞추었다. 향긋한 풀냄새가 콧속을 간지럽혔다.

먼 하늘에는 별이 반짝거릴 뿐 고요한 숲 속이었다. 간혹 풀벌레 우는 소리가 이들을 쳐다보고 있는 것같이 느껴질 뿐이었다.

꺽정은 종실녀의 얼굴을 쓰다듬었다.

"하느님이 내려다보시는 것 같아요."

"그러니까 이왕이면 볼 만한 것을 보여드려야지."

"참, 나으리도……"

꺽정의 손이 종실녀의 머리끝에서 타고 내려와 겨드랑이를 간지럽혔다. 종실녀가 몸을 웅크리며 키득거렸다.

꺽정이 종실녀의 손을 끌어 자신의 아랫쪽을 만지게 했다. 종실녀의 얼굴에 웃음이 싹 가시고 손마디가 떨려왔다. 너무나 오랜만에 서방의 물건을 느낀 것이었다.

종실녀는 마른 침을 자꾸 삼키며 몸을 떨었다. 꺽정은 종실녀의 귀에 가슴에 더운 김을 쏟아 부었다. 어느새 종실녀의 아랫 둔덕이 봉긋이 솟아오르기 시작했다.

"자네, 이것이 많이 그립지 않던가?"

"아이…… 서방님도…… 저도 아직 젊은 몸인걸요."

"그래, 그래. 자네 몸이 그렇게 말하고 있는 중일세."

꺽정의 손바닥 아래 있는 종실녀의 둔덕이 불끈 솟아올랐다가 가라앉고는 했다. 그럴 때마다 꺽정의 대물을 움켜 쥐었다 놓았다 하는 손도 힘이 들어갔다.

"사람의 몸은 거짓말을 못한다네."

"어떻게요?"

"금방 느껴지지. 몸이 진짜로 원하는 것을……"

"저는요?"

"자네의 손이 내 물건을 잡아먹으려 하고 있질 않나."

"아이…… 너무 하셔……"

꺽정은 종실녀를 바짝 끌어안고는 허벅진 엉덩이를 주물렀다. 말캉말캉한 엉덩이가 탐스럽게 쥐어졌다. 종실녀가 다리를 벌려 꺽정의 다리를 꼬아 올렸다. 꺽정의 가슴을 풀어헤치고는 여기저기에 입을 맞추고는 자신의 속곳을 끌어내렸다.

꺽정은 봉긋이 솟아 있는 종실녀의 사타구니를 압박해 들어갔다. 종실녀의 입에서 달뜬 목소리가 새어나왔다.

"여보…… 당신은…… 내 사람이죠."

꺽정은 대답 대신 눈을 감고 고개를 외로 꼬고 있는 종실녀의 입술을 세차게 빨아들였다. 종실녀의 손도 꺽정의 엉덩이를 파고들었다.

대물을 바짝 끌어다 붙이고는 꺽정의 목을 잡고 힘을 주었다. 그러자 꺽정은 속곳을 완전히 밀치고 튼튼한 뿌리를 종실녀에게 심었다. 종실녀가 움쩍 떨고는 다리를 벌려주었다.

꺽정의 어깨 근육이 들쭉날쭉 움직이기 시작했다. 땅을 향해 세찬 삽질을 하는 형상이었다.

종실녀의 머리가 자꾸만 풀밭으로 밀려 올라갔다. 쳐든 턱밑으로 실핏줄이 가느다랗게 돋아났다.

꺽정의 붉은 혀가 실핏줄을 따라 움직였다. 종실녀는 머릿속이 아득해져 갔다. 멀리서 풀벌레 울음 소리만이 환청처럼 들려올 뿐이었다.

이대로 끝까지…… 가슴에서 소용돌이가 치고 있었다. 머릿속을 뭉클뭉클한 기운이 치받는 것 같았다. 구름이 드리워진 듯하더니 어느새 소나기가 불처럼 쏟아져 내렸고 번개가 가슴을 휘저었다. 아릿한 고통의 울음인지 벙어리의 웅얼거림인지 모를 소리만이 자신도 모르게 새어나왔다.

어두운 밤하늘의 별들이 쏟아져 내렸다. 마지막 격정이 휘몰아쳐 올 때 꺽정의 얼굴에서도 땀방울이 흘러내렸다.

꺽정은 하늘이었고 자신의 손이 닿지 않는 위대한 신 같이 보이기도 했다. 얼얼한 아랫도리 밑이 흥건히 젖어 있었다.

종실녀는 자신의 몸에서 떨어져 나간 꺽정을 바라보았다. 꺽정의 대물이 아직도 분을 삭이지 못하고 머리를 흔들고 있었다. 종실녀는 자신의 속곳을 가져다가 흠뻑 목욕을 하고 난 대물을 정성스레 달랬다.

꺽정은 그런 종실녀를 쳐다보고는 이마에 입을 맞추었다. 그리고는 번쩍 안아올려 방으로 성큼성큼 걸어갔다.

"이젠 가시지 마세요."

"안 간데도……"

"정말이지요?"

"지금도 이렇게 자네를 품고 있지 않은가."

"배돌이가 무서워요."

"내가 버릇을 고쳐 놓을게."

방으로 들어가서도 종실녀의 걱정은 계속 되었다.

"늘 이 시간쯤 되면 배돌이가 찾아와서 못살게 굴었어요."

"내가 단단히 혼쭐을 내줄테니 이제 그런 걱정하지 말구려."

한참을 기다려도 배돌이가 나타나지 않았다. 오늘은 오히려 종실녀가 배돌이가 오기를 학수고대했다. 방문을 열어보기도 하고 발자국 소리에 귀를 기울이기도 했다.

꺽정은 그간 종실녀의 고생을 알 것 같았다.

"왔어요……"

종실녀가 목소리를 낮추고는 꺽정의 다리춤을 끌어당 겼다.

"제가 먼저 붙들게요."

잠시 후, 대문이 삐걱 하고 열리더니 취한 배돌이의 목소리가 들려 왔다.

"계신가? 우리 마누라."

저것 좀 보라는 듯 종실녀가 꺽정을 쳐다보았다.

"어서 오세요."

"그러면 그렇지. 역시 내 마누라야."

배돌이 방문을 향해 휘적휘적 걸어왔다.

"어서 들어오세요."

"암, 들어가다마다…… 남정네가 꽤나 그리웠나 보구 만."

배돌이 헛기침을 하면서 신발을 벗었다.

"혹시 그 놈 안 왔었는가?"

그 놈이란 꺽정을 두고 하는 말이었다. 순간, 꺽정의 손이 벼락같이 움직이려는 것을 종실녀가 붙잡았다. 두 고보자는 눈빛이었다.

방안은 컴컴했다. 배돌이 트림을 하며 문턱을 넘어섰 다.

"부끄러워서 불도 켜지 않은 모양이군. 자네의 허연 몸뚱이를 들여다봐야 제 맛이 나지 않겠는가?"

"별말을 다하시네요."

"그래도 그 놈이 한번 왔다가는 갔을텐데……"

"안 왔다고 했잖아요."

"그래, 내 마누라 말을 들어야지…… 어디 내 마누라 속살 좀 볼까?"

배돌이 이불 속으로 들어오려고 하는 순간이었다.

쿵! 꽝!

뼈부러지는 둔탁한 소리가 온 집안을 울렸다.

"아이쿠!"

어느 틈엔지 더 이상 화를 참지 못한 꺽정이 배돌이를 집어 들고는 문밖으로 내동댕이친 것이었다.

"이런 쳐 죽일 놈."

잠시 정신을 잃고 움직이지 않던 배돌이 부시시 일어났다.

"물…… 물 좀……"

머리가 깨져 피가 흐르는 배돌이를 보자, 인정많은 종실녀가 물 한 사발을 떠서 마당으로 나갔다.

"그깟놈의 새끼에게는 물도 아까워."

"그래도 사람 목숨이잖아요."

물을 주려는 종실녀에게 꺽정이 고함을 질렀다.

"그 놈에게 물 주지 말어."

"선달님은 너무나 야속하십니다."

머리를 싸쥐고 볼멘 소리로 투덜거렸다.

"눈알이 좋지 않아요."

종실녀가 물을 들고 꺽정에게 사정하듯 말하고 있는데, 어느새 무릎 걸음으로 다가 온 배돌이 물을 벌컥벌컥 마시는 것이었다. 입을 쓰윽 문질러 닦고는 꺽정을 노려 보며 한 마디 쏘아붙였다.

"어디 두고 봅시다."

"그리 기회를 주었는데도 아직 사람 구실을 못하는구나, 이놈!"

꺽정이 맨발로 뛰쳐나가려고 하자, 배돌은 눈을 홉뜨고는 뒤돌아 쏜살같이 나가버렸다.

두고보자는 말은 고발하겠다는 뜻으로도 들렸다. 그 소리는 분명 꺼림칙하게 들리는 말이었다. 꺽정의 모든 행동을 낱낱이 알고 있는 배돌이였기 때문이었다.

그러나 꺽정은 개의치 않는다는 표정이었다.

'제까짓 게 고발하려면 하는 거지…… 제 목숨은 아까운 줄 알겠지.'

종실녀의 집에서 하룻밤을 자고 난 꺽정은 막아서는 종실녀를 위로하고 광교 다리로 향했다. 소향이를 보기 위해서였다.

가슴이 은근히 설레었다. 한양 여인들 중에 제일 특별한 매력을 가지고 있는 것은 역시 소향이었다.

소향이 집 앞 대문에 이르자, 장구 소리와 노래 소리가 질펀하게 퍼져 나오고 있었다.

꺽정은 한동안 우두커니 서 있을 수밖에 없었다. 그러나 아무리 기다려도 놀이가 쉽게 끝나지 않을 상이었다.

그는 슬그머니 화가 치밀었다. 놀이가 한창인 방으로 살금살금 기어가서 방안 동정을 살폈다. 양반 두엇이 분명했다.

'어느새 양반놈하고 배가 맞았구나. 그렇다고 그냥 가기에는 한양 온 보람이 없지.'

꺽정은 섭섭한 마음이 들었지만 얼굴은 한번 보고 가야 직성이 풀릴 것 같았다.

주저없이 문을 박차고 들어갔다.

"그 동안 몸 건강히 잘 있었는가."

꺽정의 빙글거리는 태도에 양반들은 어안이 벙벙했다.

"너, 너는 누구냐?"

"……"

"이런 버릇 없는 자식이 다 있나."

그 중 한 사람이 호통을 쳤지만 이미 꺽정의 당당한 기세에 눌린 뒤였다. 소향이만 얼굴에 미소를 띤 채 호통을 친 자의 귀에 속삭였다.

"죽을려거든 저 분에게 덤벼보세요."

그 말에 안색이 노랗게 변해 모두 슬금슬금 밖으로 빠져나갔다. 방안에는 소향이와 꺽정이 두 사람만 남았다.

"어린 놈들인 것 같은데?"

"그래도 양반들이에요."

"어느 양반이지?"

"그 까짓 것 아셔서 무엇하게요."

소향이 입술을 샐쭉 삐죽이고는 꺽정의 품안으로 안겼다. 두 사람은 얼마 지나지 않아 이불 속으로 들어갔다. 품속의 대화가 그리웠던 것이다.

"나으리를 기다리다 지쳤어요."

"그래서 다른 서방을 끌어들였나?"

"기생이 만나는 사람마다 모두 서방이면 팔도천지가 서방들이게요."

"……"

"나으리, 그 동안 어디 갔었어요?"

"그건 알아 무엇하나."

소향이가 서운한 듯 훌쩍훌쩍 울기 시작했다. 꺽정의 마음이 봄눈 녹 듯 스르르 녹아내렸다.

"무엇 때문에 우는가?"

"……"

꺽정은 장난끼가 발동하여 소향의 소중한 곳을 어루만졌다.

"아이…… 짓궂으셔……"

"가만히 있어 보게. 내가 검사를 해보면 다 알지."

꺽정은 소향의 속곳을 들추고 그 곳에 손가락을 쑥 밀어 넣었다.

"아이, 뭐 하셔요?"

"아무래도 이상한걸."

"무엇이요? 금테두른 걸 아셨어요? 호호호……"

"필유과인지적(必有過人之跡)인 것 같아."

"필무과인지적(必無過人之跡)은 아니구요?"

"내가 떠난 뒤로 사내가 자네의 몸을 한번도 지나가지 않았다는 말인가?"

"……"

"분명히 단 한번도?"

"네."

꺽정이 손가락을 움직여 꽃길을 간지럽혔다.

"이건 무엇인가?"

"아아…… 서방님의 몸인 줄 알고 문이 열리는 것이지요."

소향의 옥문은 기생임에도 불구하고 작고 도톰했다. 또한 흡인력이 있어 한번 관계를 맺고 나면 다시 저절로 찾을 수밖에 없는 드문 여자였다.

게다가 소향은 재치와 애교가 항상 흘러 넘쳤다. 그러니 꺽정으로서도 놓치기 아까운 여자임에는 분명했다.

"나으리는 절 버릴 작정이지요."

"버리긴…… 벼락 맞을 소리 하지 말어."

"정말이세요?"

소향이 말똥말똥 꺽정의 눈을 바라보았다. 꺽정이 소향의 얼굴에 입을 맞추려고 하는데 소향이 냉큼 꺽정의 배 위를 타고 앉았다.

"이게 무슨 짓인가?"

"……"

소향은 대답 대신 요염한 눈으로 꺽정을 쳐다보고는 아랫 물건을 엉덩이로 살살 문질렀다. 확실히 남자의 마음을 아는 여자였다. 금세 대물이 살아나기 시작했다.

꺽정은 손을 뻗어 소향의 치마 속을 헤집었다. 탄력있는 사타구니가 만져졌다.

두 사람은 서두르는 기색도 없이 옷을 입은 채로 한참을 주물러댔다. 한참 후에 소향이 자신의 치마 속의 속바지만을 내리고 꺽정의 바지도 무릎까지만 벗겼다.

서로의 소중한 부분들만 오롯이 맨살을 드러냈다. 거친 음모와 음모가 까칠하게 부딪치며 묘한 자극을 만들어 냈다.

꺽정이 더 이상 참지 못하고 소향이의 꽃길에 대물을 맞추었다. 소향이가 천천히 오르내리기 시작했다. 꺽정은 가만히 누워서 소향의 몸놀림을 바라보았다. 그것만으로도 흥분하기에 손색이 없었다.

소향은 꺽정의 허벅지를 지렛대 삼아 몸을 흔들었다. 꺽정은 이런 소향이를 좋아했다. 한양나들이 중에 다른 부인들과는 꺽정이 무조건 앞장을 서야 했지만 소향이는 달랐다. 반죽을 맞출 줄 알았다.

꺽정은 치마에 가린 소향의 소중한 부분을 보고 싶었다. 뒤로 몸을 꺾은 소향이의 치마를 들추고 고개를 집어 넣었다.

"아이…… 나으리 무엇을 보세요……"

"흠…… 달 구경한다. 훤한 달이로구나…… 흐흐흐."

꺽정이 소향이의 허리를 끌어안았다.

소향이는 꺽정의 머리를 싸쥐고 앉아 훨씬 빠르게 박동을 해나갔다. 그 때마다 소향이 가슴이 출렁이자, 꺽정이 한 손을 내어 가슴을 움켜쥐었다. 소향의 넘어가는 숨소리가 귓전을 간지럽혔다.

꺽정이 소향이를 불끈 들어 올려 화초장이 있는 벽쪽으로 몸을 움직였다. 소향의 한쪽 다리를 하늘로 치켜 올리고는 꺽정의 몸이 육중하게 벽을 향해 돌진했다.

"끄윽…… 큭……"

소향이의 입에서 괴성이 터져나왔다. 너무 큰 기운이 자신을 압도하고 있었기 때문이었다. 이제는 소향의 두 발이 꺽정의 허리를 감아 올렸다.

꺽정은 소향의 엉덩이를 받친 채 크게 용두질하듯 위 아래로 찍어내렸다. 꺽정의 목을 휘감은 소향의 팔에 힘이 들어갔다.

"나으리…… 죽겠어요……"

꺽정의 이마에 땀방울이 맺히기 시작했다. 꺽정은 한 양에서의 마지막 여인과 끝장을 보려는 심사였다. 거칠 게 소향이를 다루는 듯했지만 소향은 조금도 주저하는 빛이 없었다.

오히려 꺽정이 달아날까 더욱 요염해지는 소향이었다. 꺽정이 마지막 기운을 쓰기 위해 소향을 방바닥에 내려 놓았다. 그러자 소향이 꺽정의 대물을 손으로 잡은 채 불콰해진 눈으로 꺽정을 바라보았다.

"나으리를 생각하면…… 웃음이 절로 나와요."

"왜?"

"힘이…… 놀라우니까요."

"험악한 놈만…… 겪었구나."

"나으리보다도…… 험악한 사람은 보지 못했어요."

소향이 꺽정의 것을 자신에게 맞추었다. 꺽정의 몸이 빨라졌다. 소향이도 지치지 않고 꺽정의 몸을 받아들였 다.

꺽정의 몸이 크게 꺾였을 무렵에는 어느새 새벽 첫 닭 이 울고 있었다.

임껙정이 한양 나들이를 계획했을 때는 사오 일 아니면 육칠 일 정도로 생각했었다.

그러나 정작 와서 보니 여인들의 몸을 물리치고 갈 수가 없었다. 게다가 배돌이의 행패를 이번 기회에 뿌리를 뽑을 심산이었기 때문에 하루 이틀 하던 것이 벌써 열흘 가까이 되어 버렸다.

흑석골로 내려가야겠다고 마음만 먹을 뿐 몸이 안 따라 주던 어느날 하 두령이 급하게 찾아왔다.

"빨리 오셔야겠습니다."

"무슨 일인가."

"관병들이 움직인다는 소식이 있어 대장님을 하루빨리 모셔오랍니다."

"관병들이……? 언제부터?"

"수일 전부터 개성과 해주의 병영이 술렁술렁한답니다."

그 날로 껙정은 한양 여인들과 작별하고 흑석골로 급히 내려갔다. 껙정이 도착한 날로 취의청에 두령 회의가 열렸다.

"그 소식의 출처가 어디요?"

껙정이 냉정하게 서림에게 물었다.

"송도 이방과 해주 이방이 소식을 전해왔습니다."

"어떻게 하는 것이 좋겠소?"

"좋은 수가 있기는 합니다만……"

"무슨 좋은 수요?"

"그대로 여기 앉아서는 견디지 못합니다. 그러니 산채를 옮겨야 하는 것은 당연한 이치지요."

"그 깟놈들 쳐들어오라고 하쇼!"

방중달이 주먹을 휘휘 내저었다. 그러자 곽서도 손으로 바닥을 치며 싸우자고 목소리를 높였다.

"싸우시는 것도 좋습니다만 한양에서 큰 군사가 움직여 화를 당할 수도 있으니 피하는 것이 지금의 상책입니다."

"빌어먹을 화는 무슨 화요!"

곽서는 싸우기를 주장했지만 꺽정이 서림의 의견을 듣고자 했다.

"두 가지 방법이 있습니다. 우선 하나는 은율의 구월산성이나 재령의 장수산성, 시흥의 대현산성 같은 토산성을 하나 빼앗아 가지고 군량미만 잔뜩 쌓아 놓으면 우리는 몇 달이고 지탱할 수 있을 것입니다."

"나머지 하나는 무슨 방법이오?"

"바로 둔갑법입니다."

"둔갑법이라니?"

"조선 팔도에 우리 당이 없는 곳이 없도록 동에 번쩍 서에 번쩍하는 술법입니다."

"그것 좋군."

여러 두령이 그 방법에 찬성했다. 싸우기를 주장하던 곽서도 도깨비 놀음 같아 좋다는 의견을 내놓았다.

"또 한 가지 방법이 떠 올랐습니다. 토굴삼육(兎窟三六)이란 말이 있습니다. 토끼도 세 구멍을 판다는 뜻이지요. 우리도 세 곳이나 너댓 곳쯤은 소굴을 마련해야 합니다."

"어디 마련할 때가 있소?"

"양덕 맹산이나 성천 같은 곳이 좋지요. 거기에 신계 곡산 같은 곳도 안성마춤입니다."

서림의 말에 꺽정과 여러 두령들이 고개를 끄덕였다.

"누구를 어디에 보내면 일이 잘 될까?"

"방 두령과 기 두령은 평안도 양덕 맹산으로 갔으면 좋겠고, 두 양 두령은 신계 곡산으로 갔으면 좋겠습니다."

이튿날, 우선 방 두령과 기 두령이 부하 서너 명을 이끌고 양반 행세를 위해 부달마를 탔다. 여럿이 한꺼번에 떠나면 의심을 살 것 같아 두엇씩 패를 짜가지고 떠났다.

방 두령은 워낙 키가 크고 뚱뚱한 사람이라 유난히 두드러져 보였다. 게다가 소문난 장사라 사람의 눈에 잘 띄어 변장을 할 수밖에 없었다.

황주에 접어들자 방 두령의 걱정이 더했다.

"이곳엔 구월산이 가까워 날 아는 놈이 많은데……"

육십 남편에 열여섯 살 마누라

흑석골 도적패들은 나날이 세력이 불어났다. 이제는 웬만한 고을은 그들에게 세금을 내지 않으면 견딜 수가 없게 되었다. 또 대낮에 행인을 해칠 뿐 아니라 읍촌을 약탈했다.

조정에서는 토포사(討捕使)를 내보자고 의논했으나 오히려 토포사를 내보내면 민가에 끼치는 영향이 더욱 클 것이라고 생각해 그만 두었다. 그것이 지난 해의 일이었다.

그 대신 황해 감사와 평안 감사에게 특지까지 내려 흑적골을 토벌하라고 분부하였다. 그러나 황해도와 평안도 일대는 날이 갈수록 도적 떼의 폐해가 심할 뿐이었다.

이런 일로 골머리를 앓던 궁궐에서 나라의 실세 두 사

람이 모였다.

한 사람은 이량으로 벼슬이 대사간이었고 또 한 사람은 영중추부사인 윤원형이었다.

"대감은 어떻게 생각하십니까?"

젊은 이량이 늙은 영중추에게 물었다. 윤원형은 아니꼽다는 표정이었다.

"아닌 밤중에 홍두깨지, 무엇을 어떻게 생각하느냐는 겁니까?"

"토포 사건 말씀이오."

"나는 반대합니다."

"이유가 무엇입니까?"

"작폐가 도적들 보다 더할 것이오."

"청렴한 인물을 선택해 보내면 될 게 아닙니까."

"이 세상에 청렴이 어디 있고 깨끗한 게 어디 있어야지요."

"왜 없다는 말씀이오."

두 사람은 서로의 의견 차이로 언성을 높였지만 결론은 나지 않았다.

능글능글한 윤원형은 임금의 외숙으로 나라의 모든 권력을 소유하고 있었다. 그것을 견제하기 위해 왕은 중전의 외숙인 이량을 높게 등용했다. 이량을 자신의 편으로 만들어 힘을 키울 생각이었다.

이량이 득세하고 임금에게 사랑을 받고 있는 것을 알게 된 자들은 모두 윤원형의 그늘에서 이량에게로 넘어가는 중이었다.

이런 이유로 윤원형은 이량의 말이라면 사사건건 반대하였고, 그것으로 인해 마음이 무척 어지러웠다.

윤원형은 이량과 말다툼을 하고 대궐 밖으로 나오면서 중얼거렸다.

"흥! 나라가 망하면 내 나라가 망하냐! 제기랄, 누구 덕에 임금이 되었는데 은혜도 모르고……"

윤원형은 합문을 지나오면서 여전히 투덜거렸다.

"이량, 너도 어디 두고 보자……"

이를 바득바득 갈았다. 그뿐 아니라 나라에 대해서도 망할 테면 망하고 흥할 테면 흥하라는 식이었다. 나라는 될대로 되라였고 자신은 그저 남은 인생이나 즐기다 가면 그뿐이라고 생각했다.

윤원형은 수레를 세째 첩의 집으로 몰았다. 세째 첩의 집은 동촌 낙산 밑에 있었다. 영중추 대감이 동촌에 나타나면 마을 사람들은 한결같이 쑤군대며 웃었다.

"어린 첩이 그리운가 보군, 히히히."

"육십 늙은이에 열여섯 마누라라…… 으흐흐흐."

평안 감사로 갔던 이돈이란 사람이 평안도의 강계절색을 하나 얻어서 윤원형에게 뇌물로 받친 여자였다. 세째 첩은 이제 열여섯 살이었다.

윤원형은 나이 육십이 넘었지만 색이라면 사죽을 쓰지 못하는 위인이었다. 난정(蘭貞)이라는 흐물흐물한 계집이 있었지만 더 어린 여자를 품을 욕심은 한이 없었다. 죽기 전에 나긋나긋한 어린 계집을 품는 것이 최고의 소망이었다.

그 해 부임해 가는 이돈을 보고 좋은 계집들과 혼자 호강할 것이냐고 위협 반 부탁 반으로 했던 말을 눈치빠른 이돈이 알아채고, 부임한 지 한 달이 못되어 강계미인 산향(山香)이를 보내 준 것이었다.

산향이의 부친은 호인(胡人)이었고 어미는 조선 사람이었다. 두 사람의 혼혈종이었던 탓으로 보기드문 색다른 미인이었다.

윤원형은 심기가 사납고 몸이 찌뿌둥한 날이면 여지없이 어린 첩의 집을 향했다. 그런 날이면 도착하기도 전에 몸이 근질근질했다.

문을 열면 할아버지! 하고 뛰어나오는 산향이었다. 윤원형은 산향에게 이렇게 말하곤 했다.

"오냐! 내가 네 서방을 겸한 할아버지다."

산향이 웃으며 하얀 이를 뾰족 내보이면 늙은 윤원형은 음흉한 웃음을 지었다.

"흐흐흐…… 영계 백숙이로고……"

이런 사정을 대충 눈치채고 있는 동촌 사람들은 윤원형을 달가운 눈으로 쳐다보지 않았다.

"저 늙은 여우가 또 오는구먼."

"강원도 산삼을 혼자 다 해쳐 먹으니 늙은이가 주책을 떨지."

바깥에서 물렀거라! 하는 벽제 소리가 요란했다. 그 소리가 산향의 느긋한 낮잠을 깨웠다.

산향의 몸은 피어나는 한송이 꽃 이외에는 비교할 데

가 없었다. 알맞게 부풀어오른 젖가슴, 하얀 백설기같이 탐스러운 엉덩이, 앙증맞은 코와 입, 요염기가 살짝 도는 눈과 흐드러진 흰 살결……

산향의 몸매는 싱그럽게 파닥이는 한 마리의 오색 물고기였다.

산향은 눈을 뜨고는 자신과 동갑내기인 몸종 아이 연이를 불렀다.

"대감 마님 납시었으니 어서 빨리 용탕을 짜서 올려라."

대감이 방문할 때면 언제든지 끓고 있는 용탕이 짜 올려지는 것이었다. 용탕은 으레 문안에 들어선 대감에게 바쳐지는 하나의 예(禮)로 되어 있었다.

"대감 마님 납시오."

산향은 대청마루 밖에까지 나가서 대감을 맞이했다.

"이제 오시어요."

"오오……"

서리같이 하얗게 샌 머리카락을 날리며 들어선 윤 정승의 입이 흡족하게 벌어졌다.

"밤낮 없이 기다렸어요."

"늙은일 기다려 무엇하느냐?"

"아이, 망측스러워라."

"뭐가 망측해?"

"쇤네의 눈에는 대감님이 아직 소년 같으셔요."

"호호호…… 귀여운 것이 말도 잘 하네."

"아이, 할아버지도……"

"할아버지 말고 서방님 한번 해보거라, 흐흐흐."

윤 대감은 방으로 들어서자마자 용탕을 한 그릇 비우고는 산향의 허리를 껴안고 보료 위에 누웠다.

젊어서부터 용과 삼을 장복한 탓인지 그 나이에도 기운이 젊은이 못지 않았다. 그러니 산향이로서도 윤 정승을 은근히 기다리기도 했다.

산향의 앳된 몸을 노재상 윤원형이 요리하기 시작했다. 그 나이에 수많은 여인과의 잠자리로 이제는 귀신이 될 만한 윤원형이었지만 산향이와는 늘 새로운 기분이었다. 그저 힘쓰는 꼴을 쳐다만 보아도 꼴깍 마셔버리고 싶은 심정이었다. 그러니 자연히 흥분도 빨랐고 느낌도 빨리 왔다.

게다가 산향은 선천적인지 배운 건지 모를 특별한 몸놀림을 가지고 있었다. 산향이 한 번씩 숨을 들이마실 때마다 윤 대감은 자신의 물건이 쑥 빨려들어가는 느낌이 그것이었다. 그렇지 않아도 좁은 꽃길을 자유자재로 움직이니 놀랄 일일 수밖에.

처음에는 느긋하게 사정을 주다가 산향이 자신이 흥분에 달하면 놀라운 힘으로 윤 정승을 끌어들이는 것이었다.

"갈수록 재주가 놀랍구나."

"아이, 대감마님도……"

"네 재주 때문에 아마 일찍 죽을 것 같구나."

"호호호."

"어떻게 그런 놀라운 재주를 가졌지?"

"……"

발갛게 상기된 산향의 얼굴은 풀어 헤쳐져 있는 단속 옷 띠와 함께 사람의 음욕을 뇌살시키고 있었다. 나른한 피곤함도 기분이 좋았지만 아직 뿌듯하게 힘이 남아있다는 것이 윤 대감의 기분을 들뜨게 했다.

"애야…… 아가……"

"응……"

"응이 뭐야."

"응……"

"버릇 없게……"

"버릇이야 대감 마님께서 없지."

"그건 또 무슨 말이냐."

"뻔하지 뭐유…… 손녀딸 같은 나를 이렇게 미치게 해 놓으니 그렇지요."

"허허허…… 고것 참……"

"버릇 없는 대감 마님! 호호호……"

"너는 내가 먹어치운 계집들 중에 가장 놀라운 계집이야."

"계집이 몇이나 되는데요."

"백 명은 될걸."

"그게 모두 대감님의 처첩이 되시우?"

"그거나 다름없지."

"그중에 내가 제일이란 말이에요?"

"암, 너는 샘솟는 우물같은 계집이야."

"대감님도 발 열 개 달린 호랑이 같으셔요."

"고년 참, 거짓말도 예쁘게 하는구나."

윤 정승은 이날 밤을 산향의 몸에 흠뻑 빠져 지냈다. 비록 늙은 몸이었지만 용미봉탕은 그로 하여금 무시무시한 기운을 나게 했다.

신노 심불노(身老 心不老) 몸은 늙어도 마음이 늙지 않는다, 라는 말은 윤 정승에게 통하지 않았다. 윤 정승은 나이는 늙었어도 기운은 늙지 않은 그런 노인이었다.

다음 날, 비단 이불 속에서 눈을 비비고 일어난 윤 정승은 어제의 자포자기한 심정이 고스란히 간 곳이 없었다. 의욕이 부쩍 살아나는 것을 느꼈다. 탐스럽게 앙증맞은 살결이 아직도 자신을 위해 열려져 있기 때문이었다.

윤 정승은 산향의 허리를 살짝 꼬집었다.

"아야 아야…… 아이 대감 마님도……"

산향은 귀엽게 눈을 흡뜨고는 이불을 헤치고 일어났다.

"어딜 가느냐?"

"욕실에 갔다 오겠어요."

아직 산향의 살내음이 코끝에서 진동을 했다. 정승은 눈을 감았다.

욕실 안에서 물을 뿌릴 젊은 계집의 희디 흰 살결을 떠올려 보았다. 견딜 수가 없었다. 벌써 뿌듯하게 아랫도리가 차올랐다.

윤 정승은 나라의 일이 임금과 이량의 손으로 옮겨져 가면 갈수록 윤 정승의 관심은 젊은 계집의 아랫도리로만 집중되었다.

'욕실로 쫓아가 몰래 들여다볼까…… 이 나이에……'

'진주와 평양, 강계가 우리의 삼대 색향이기는 하지만 아무래도 저것은 물건 중의 물건이야.'

'욕실로 달려가 볼까…… 거기서 한바탕 노는 것도 재미있는 일일 터인데.'

윤 정승의 머리에는 온통 그런 생각뿐이었다.

그런데 마침 산향의 몸종인 연이가 들어섰다. 대감에게 바칠 용탕을 가지고 들어온 것이었다.

연이의 나이 이제 열일곱 살…… 산향이와 조금도 다를 것이 없는 꽃다운 나이였다. 게다가 강계에서 산향이를 따라 온 것을 보면 물좋은 곳에서 난 계집임에도 틀림없었다.

'저만하면 남의 종감은 아닌데…… 고것 참……'

문을 열고 부엌으로 나가는 연이의 뒷모습을 보자 불 같은 욕심이 후끈 달아올랐다. 엉덩이가 흔들리는 폼이 물이 오른 아이였다.

'한번 불러서 품어볼까…… 욕실에서 산향이가 튀어나오면 어쩌지? ……아니야 한나절은 욕탕을 하는 계집이니 그 전에 요절을 내버리면……'

윤 정승은 불끈 달아오른 몸으로 부엌을 향해 연이를 불렀다.

"아가……"

연이는 자신의 귀를 의심했다. 아가라는 호칭으로 부른 것은 이 집안이 생긴 이래 최대의 존칭이었다.

대개는 얘야! 라거나 이리 오너라! 하고 부르는 것이

마땅했다. 그만큼 여색에 눈이 어두워진 노인의 얕은 수작이었다.

부엌에서는 연이가 그게 무슨 소리인지를 분간하지 못했다.

"아가야……"

그 때 또다시 대감의 은근한 목소리가 들려 왔다. 연이는 자신을 그렇게 부를 리가 없다고 생각해 주춤거렸다.

"아가야, 어디 갔니……"

안방에서 부엌을 향해 부르는 소리가 분명했다.

"아가씨는 욕실에 계신데요."

"아니, 너 말이다."

"……"

"이리 들어온……"

"……"

"빨리 들어오래도."

"……"

연이는 자신을 부르는 이유를 알 수가 없었다. 게다가 평소와는 달리 아가씨에게 하는 은근한 목소리로 자신을 부른다는 것이 믿기지 않았다.

"부르셨습니까? 아씨 마님을 불러 올까요?"

"아니다. 네가 이리 들어오너라."

"……"

방안으로 들어가지 않을 수는 없었다. 할 수 없이 방한구석에 조용히 앉았다.

윤 정승의 눈은 이미 벌개져 있었다. 게다가 무엇이 재미있는지 연이를 보며 계속 웃음을 흘리고 있었다.

"괜찮으니 이리 가까이 온……"

"……"

"어서 오지 못할까."

연이가 망부석처럼 앉아 있자 윤 정승이 소리를 꽥 질렀다.

"저…… 아씨 마님을…… 불러 오겠습니다."

"또 쓸데없는 소리."

연이는 이제 얼굴빛이 샛노래져서 와들와들 떨고 있었다.

윤 정승은 이제 못참겠다는 듯 먼저 일어나 연이를 향해 다가가 도톰한 손목을 쥐었다.

"대감 마님 이러시면 안 돼요."

"괜찮대도 그러네. 너는 나만 믿거라."

어느새 빨갛게 상기된 연이의 모습은 붉은 복사꽃과 같았다.

윤 정승은 연이의 가슴에 손을 넣었다. 산향이와는 달리 아직 여물지 않은 여들여들한 젖꼭지가 말랑하게 잡혔다.

"몰라요……"

"……"

"아이, 이러시면……"

"……"

윤 정승은 아무 말 없이 손가락을 움직였다. 연이의

몸이 부르르 떨리면서 젖꼭지가 단단해져 왔다.

윤 정승은 꼬들꼬들한 손느낌을 즐기며 빙긋이 미소를 띠었다. 지까짓 게 별수 있느냐는 웃음이었다.

"아씨 마님이 아시면 어떡해요."

"나만 믿으면 되니 아무 걱정 말아라."

"……"

늙은 윤 정승은 금세 탕약 기운이 돈 모양인지 연이의 몸을 급하게 안고 뒹굴었다. 연이는 가슴으로 징그러운 벌레가 지나가는 듯 근질근질하고 불쾌한 느낌이었다. 그저 빨리 윤 정승이 지치기를 바랄 뿐이었다. 연이가 몸을 웅크리면 웅크릴수록 윤 정승은 재미있어했다.

"너는 분명 숫처녀렷다."

"……"

윤 정승은 몸을 움츠리고 있는 연이의 팔을 거칠게 풀어 내렸다. 그리고는 무지막지하게 치마를 벗겨 내려갔다.

연이는 두 다리를 꼬아 모면하려고 했지만 독이 오른 산짐승에게는 역부족이었다. 연이의 부끄러운 몸이 드러날수록 윤 정승은 아무것도 보이지도 들리지도 않았다. 오로지 연이를 정복하는 데에 골몰했다.

"대감님 제발…… 이것만은……"

"내가 너의 소원은 무엇이든…… 들어주마."

"살려 주세요……"

알몸이 된 연이가 작은 손으로 소중한 부분만을 가리고 있었다.

윤 정승은 완강히 버티는 연이의 손목을 꺾어 어깨 위로 쳐올렸다. 거뭇한 아래가 윤 정승의 음욕에 불을 당겼다.

연이는 이를 악물고 눈을 질끈 감았다. 윤 정승이 움직이는 대로 빨리 끝나기만을 기다렸다. 생살이 찢기는 듯한 고통으로 아래쪽이 멍멍해졌을 때 머릿속으로 지난 일들이 빠르게 스쳐갔다.

얼마나 지났을까…… 실눈을 뜨고 있는 연이의 눈 속으로 게걸스럽게 흡족해하는 윤 정승의 늙은 얼굴이 아프게 들어왔다.

윤 정승은 붉게 물든 연이의 속곳을 만지작거리며 해해거렸다. 연이의 머리카락은 무지막지하게 헝클어졌고 옷매무새는 일그러져 있었다.

연이는 흐트러진 옷가지를 주워 몸을 가리고 고개를 숙였다. 눈물이 해진 치마 위로 뚝뚝 떨어졌다. 윤 정승은 그제야 정신이 들었는지 연신 헛기침을 해댔다.

"너의 소원이 무엇이냐?"

"……"

"울기는 왜 울어…… 어떤 계집은 이런 기회를 탐내도 오지 않아."

"……"

"무엇이든지 말해 보아라. 살림을 차려 주랴?"

"……"

"종살이를 면하게 해주랴? 이런…… 갑갑하구나."

"아무 소원도 없어요."

"그럴 리가 있나. 사람이란 다 욕심이 있는 법이야."

"없어요."

"너도 특별한 계집이구나. 내가 너같은 여자를 여지껏 몰랐다니…… 북촌에 살림살이를 내주랴?"

"저는 그저 산향 아씨를 모시는 것이 소원이에요."

"그러면 요 다음에도 내 청을 듣겠느냐?"

"……"

"이리 가까이 온……"

늙은이의 기술좋은 유혹이었다. 아무리 늙었다 한들 힘과 돈이 그득한 윤 정승의 수단은 못 가질 것이 없고 부러운 것이 없었다.

복사꽃 빛도 아니고 살구꽃 빛도 아니었다. 뜨거운 욕탕의 물에 하얀 몸이 발그레하게 붉어져 있었다. 스스로 보아도 욕심이 나는 아름다운 몸매였다.

"아무리 내 몸이지만 대감이 못살게 굴 만도 하지 뭐야……"

"암, 이 몸으로 흔드는데 안 넘어갈 남정네가 없지."

산향은 자신의 몸 구석구석을 쓰다듬어 보았다. 미소가 피어올랐다.

"대감 마님도 계집은 무척이나 좋아하시지…… 그런데 지금 대감은 무엇을 하고 계시지? 이 맘때면 연이가 달려와 대감의 독촉을 전할 시간인데……"

오히려 아무 소식이 없자 산향은 옷을 주워입고 목욕을 끝냈다. 다른 때 같았으면 대감의 속을 태울 요량으로 시간을 일부러 지체시키기도 했었다.

수란 치마를 곱게 차려 입은 산향은 좁고 길게 나 있는 마루를 지나 대감의 방으로 향했다. 갓 목욕을 끝낸 산향의 싱싱한 몸뚱이에서는 아찔한 향내가 진동했다. 이런 자신의 몸을 아이처럼 탐을 낼 대감을 떠올리자 은근한 기쁨이 몰려왔다.

산향은 무심코 방문을 열다가 심상치 않은 숨소리에 우뚝 멈춰섰다.

'대감이 혼자 용두질을 하고 계신가? 나를 두고 그럴 리가 없는데……'

방문에 바싹 다가서서 귀를 갖다 대었다.

"이리 온…… 손처럼 몸도 탐스럽구나…… 그래……"

"아이…… 이러시면……"

산향은 제자리에 얼어붙을 수밖에 없었다. 방안의 뜨거운 열기는 마치 자신과 대감이 나누는 밀어와 다를 것이 하나도 없었기 때문이었다.

산향은 머리끝까지 분노가 치밀어올라 온몸이 부들부들 떨렸다.

'달려들어 대감과 연이년을 그냥……'

산향이의 가슴 속은 별의별 생각으로 방망이질쳤다.

"옥문(玉門)이…… 산향이 못지 않구나."

"흐흠…… 으…… 이렇게 허벅진…… 너를 왜…… 몰랐을꼬."

산향은 거의 미칠 지경이었다. 지금의 분을 어디다 풀어야 할지 몰랐다. 화냥질이라도 해서 대감에게 복수할

까라는 생각도 들었다.

산향의 질투의 불길은 마지막 한 가지 방법을 생각해 냈다. 산향은 다부지게 결심을 하고 바깥 방으로 나와 은장도를 갈기 시작했다.

"이 칼로 고 년의 손목을 썩둑……"

산향의 눈에는 살기가 번졌다. 은장도는 금방 시퍼렇게 날이 섰다.

윤 정승은 연이의 속살을 실컷 요리하고는 한잠 늘어지게 잤다. 몸이 개운했다. 역시 찌뿌둥한 몸에는 여자가 최고라고 생각하며 능글맞은 웃음을 지어보였다.

그런데 소향이는 아직까지 감감 무소식인 것이 오늘따라 유난히 목욕이 길어지는 모양이었다. 배도 출출해진 윤 정승은 밥상을 들이라고 명했다.

그 때서야 소향이는 요염한 미소를 띠고 윤 정승의 방으로 들어왔다.

"오늘따라 몸단장이 길었구나."

"아이…… 다 대감님 때문이죠."

"향기가 아주 좋구나. 몸도 백옥같고…… 한바탕 놀고 밥 먹을까?"

"식사를 하셔야 힘이 또 나시지요. 얘들아, 조반상 들여라."

이윽고 조반상이 들어왔다. 그런데 연이가 아니라 상노 아이가 가지고 들어오는 것이었다. 윤 정승은 순간적으로 이상한 기운이 느껴졌으나 소향이가 알 턱이 없을

것이라고 생각했다.

"출출한데 어서 먹자."

윤 정승이 밥 뚜껑을 열어젖혔다. 순간, 피비린내가 진동을 했다. 윤 정승의 눈이 찢어질 듯이 커졌다.

밥그릇에는 피범벅이 된 여자의 손목이 들어 있지 않은가! 게다가 잘 보이도록 손가락 하나하나를 벌려 놓은 채로……

"이게 대체 무슨 짓이냐!"

"대감 마님께서 좋아하는 손목인데 맛이 좋지 않겠습니까?"

산향이는 눈빛 하나 변하지 않고 나긋나긋하게 여쭈었다.

"고약한지고…… 이런 법이 어디 있단 말이냐."

"북촌에 살림살이를 할 손이옵니다."

"……?"

산향이는 원망스런 눈으로 바라보다가 윤 정승의 무릎으로 쓰러진 채 흐느껴 울기 시작했다.

"소첩을 죽여 주세요. 대감 마님…… 소첩은……"

윤 정승은 기가 막힐 수밖에 없었다. 아무리 여자들의 질투가 무섭다고 해도 이토록 섬뜩한 짓을 저지를 줄은 상상을 하지 못했다. 아무래도 계집들 싸움으로 제 명에 못 죽을 것 같다는 생각이 스쳤다.

"산향아……"

"……"

"내가 잘못 했다. 이젠 다시 안 그러마."

"……"

"그리고 여기도 다신 오지 않으마. 너는 젊은 서방 얻어서 잘 살아라."

"네에?"

"젊은 년은 젊은 서방이라야 어울리는 법이다. 너를 당해내기가 벅차구나."

이윽고, 윤 정승이 도포자락을 나부끼면서 산향의 집 문을 나섰다. 산향이 곤두박질치듯 버선발로 나와 윤 정승을 붙잡았다.

"날 죽이고 가세요."

"내가 사람 백정이냐? 필요없다."

산향이 길길이 날뛰자 동네가 소란해졌다. 윤원형은 창피한 마음이 들어 빨리 자리를 떠야겠다고 생각했다.

"내가 또 오마."

흰 구레나룻 수염을 쓰다듬으며 점잖게 말했지만 그 말을 믿을 사람은 없었다.

산향이도 윤원형을 붙잡는 것은 늙은 서방이 좋아서가 아니라 세력이 아직도 남아있다는 것을 알기 때문이었다.

훗날 산향이 침을 뱉으며 던진 말이 있었다.

"너 아니면 서방이 없는 줄 아니! 이 늙은 여우야!"

세상에서 제일 비싼 화대

흑석골 패들이 양반 행세뿐 아니라 관리로 위장해 인근 읍촌을 나돌아 다닌다는 소문은 여간 큰일이 아니었다. 조정에서도 그 일을 앉아서 보고 있을 수만은 없어, 상공과 병부사가 정부에 모여 긴급회의를 갖게 되었다.

윤원형은 본래 벼슬이 영상(領相)이어야 했지만, 그때 유명한 장님 점쟁이가 영의정이 되면 불길하겠다고 하여 영중추부사를 자원했던 것이다. 천하를 마음대로 주무를 수 있는 위치였지만, 그는 오래 살고 싶었고 권력의 세도를 연장시키기 위해 벼슬을 높이지 않았다.

회의석 상에서도 윗자리에는 영의정인 상진이 앉고 다음 자리에 좌상인 이준경이 앉았으며 우상인 심통원이 그 다음에 앉았다. 그리고 윤원형은 제일 말석에 앉았다.

모두 윤원형의 손아래 권력자들었지만 윤원형은 그저 그들을 비웃을 뿐이었다.

임금님의 하교가 있었던 네 사람은 심각한 얼굴이었다. 먼저 영의정인 상진이 무겁게 입을 열었다.

"영부사 대감 먼저 의견을 말씀하시지요."

모두 말석에 앉은 윤원형을 쳐다보았다. 그러나 윤원형은 고개를 저었다.

"어서들 의논하시오. 소생에게는 절대 묻지 마십시오."

할 수 없다는 듯 영의정이 좌의정을 바라보자, 좌의정은 우의정을 바라보았다. 우의정인 심통원이 먼저 입을 열었다.

"소생의 우둔한 생각으로는 황해 감사와 배성 유수가 함께 병력을 일으켜 비밀리에 날짜를 정하는 것입니다. 그런 이후에 한꺼번에 흑석골을 내리치면 그놈들을 모조리 섬멸할 수 있을 것 같습니다."

"그것 참 좋으신 말씀입니다. 황해 감사와 개성 유수가 함께 칠 때 평안도와 강원도 등지에서도 돕고 또 함경 감사까지 측공을 하면 모든 일이 쉽게 해결될 것 같습니다."

좌의정이 찬성하는 의사를 내놓자 영의정이 윤원형의 의견을 물었다.

"영부사 대감 지금 두 분의 의견들이 어떠하십니까?"

"좋습니다."

사인방(舍人房)에서 흘러나오는 기생들의 노래 소리를 듣고 있던 윤 정승은 무턱대고 고개를 끄덕였다. 모든 것이 귀찮을 뿐이었다.

"소생이 탑전에 들어가서 황해, 평안, 강원, 함경 사도(四道)의 병력을 동원할 수 있도록 허락을 받아 나오겠습니다."

영상이 승지와 사관들만을 데리고 합문 안으로 들어갔다가 얼마 뒤에 다시 정부로 물러나왔다. 모두에게 임금님의 윤허가 떨어진 것을 알렸다. 이리하여 이른바 네 사람의 최고 영수회의가 끝나게 되었다. 드디어 나라에서는 대군을 조달하여 흑석골을 섬멸하기로 결정을 내리게 된 것이다.

나라에서 흑석골을 치게 되었다는 소문은 곧장 흑석골로 새어 들어갔다. 안구가 어디서 들었는지 편지 한 장을 흑석골로 보내 왔기 때문이었다.

안구는 사도의 군사가 한꺼번에 움직이면 흑석골이 쑥대밭이 될 우려가 있다고 걱정했다. 그리고는 흑석골을 당분간 옮기도록 하는 것이 좋겠다고 의견을 달았다.

안구의 편지로 인해 흑석골이 발칵 뒤집혔다.

"어떻게 하면 좋겠소?"

"일부러 관가에 욕도 보이지 않았는데 이 지경을 당하다니 분합니다. 이 모든 일이 박태원이란 놈의 죄올시다. 그 놈을 대신해서 오는 놈도 없애버렸으면 좋겠습니다."

"하여간 이 많은 식구들을 어떻게 처리해야 할지 그것이 걱정이오."

"그거야 별로 어려운 일은 아닙니다. 기동성이 없는 안식구들을 우선 강원도 천복산으로 보내는 것이 상책입니다."

"허허허…… 서 종사는 의견이 거미줄같이 나오는구려."

꺽정이 서림이를 칭찬했다. 다른 두령들은 물론이고 서림이를 끔찍히 싫어하는 곽서까지도 천복산으로 옮기는 것에 찬성을 했다.

꺽정은 강원도 땅 천복산으로 보내는 계획을 면밀히 짜기 시작했다. 우선 두령 가운데 이룡과 하왕동, 기돌쇠를 함께 보내고 부인이 있는 두목과 졸개들 수십 명을 같이 보내기로 결정했다.

두목과 졸개들은 자신의 식구들과 함께 마지막으로 보내기로 하고 먼저 두령들의 안식구와 아이들이 떠나기로 했다.

안식구와 아이들 그리고 양식과 세간들을 말이나 소에 실기로 했으나 마소가 부족했다. 흑석골 패들이 인근 동네에서 우선 빌려 쓰기로 했다.

정든 이웃에서도 흔쾌히 동의하고 배웅나오는 사람까지 있었다. 그만큼 이웃 동네와 흑석골은 정이 듬뿍 들었던 것이다. 식구들이 떠나자 흑석골은 한동안 텅 빈 것같은 적막이 감돌았다.

그뿐 아니라 흑석골패의 대대적인 이동은 온 장안에 소문이 되어 떠돌았다.

"흑석골 임꺽정이 패가 강원도 땅으로 도망갔다는군."

여러 곳의 관군들도 수소문해 본 결과 여러 날에 걸쳐 강원도 접경 지역 산길을 향한 것을 확인했다.

군관들은 시원하게 잘 도망쳤다고 생각하고는 서둘러 강원도로 도망갔다는 보고를 상부에 올렸다. 임꺽정이 패와 싸워보아 봤자 신통하게 승산이 있는 것도 아니었기 때문이었다.

황해 감사와 개성 유수도 은근히 두려워하던 차에 이 소식을 듣고 나라에 그럴 듯한 보고문을 올렸다.

꺽정이 패들은 이런 처사를 전해 듣고는 너털웃음을 터뜨렸다.

"하하하…… 이제 관군과 부딪칠 일은 없겠군."

서림만이 신중하게 대처할 것을 주장했다.

"아직까지 우리가 여기 남아 있다는 흔적을 보이지 않는 것이 상책입니다. 모든 병사들은 이 부근 백 리 안에서 일체 행패가 없도록 조처해 주십시오."

꺽정은 이 말을 동감했다. 그리고 경고를 담아 흑석골 전체에 방을 붙였다.

이로부터 한동안 흑석골 안은 조용했다. 그러던 어느 날이었다. 두목 한 사람이 죄인 한 놈을 이끌고 급히 달려와 꺽정이 보기를 원했다.

"무슨 일이냐?"

"다른 일이 아니라 대장님 분부를 어긴 놈을 잡아 왔습니다."

무릎을 꿇고 있는 녀석은 건장한 체격이었지만 둔하게 생긴 얼굴을 가지고 있었다. 두목으로 불리는 정 서방이 진지하게 입을 열었다.

억쇠라는 놈은 여자를 무척이나 밝히던 위인이었다. 억쇠는 송도로 가는 길목인 혜음령 위를 지나가다가 젊은 부부가 지나가는 것을 발견한 것이다. 힐끗 여인을 쳐다보니 천하일색의 미인이었다.

억쇠는 삼십을 넘은 총각이라 금방 가슴이 소용돌이쳤다. 힘이 넘쳐나는 이 노총각 억쇠가 아리따운 여인을 보고 도저히 참을 수가 없었던 것이다. 걸음을 걷기가 불편할 정도로 팽팽하게 솟아오른 물건이 어쩔 줄 모르고 허둥댔다.

억쇠는 아무 소리 없이 여인의 부풀어오른 엉덩이를 훔쳐보며 혜음령 중턱까지 뒤따라갔다. 그러면서도 여인의 매혹적인 뒷모습에서 눈을 떼지 못하고 끝내 수음까지 했다. 수음을 하고 나니 오히려 억쇠의 몸은 발동이 걸리기 시작했다.

저 여인의 속살 속으로 자신의 묵직한 물건을 밀어 넣을 것을 상상만 해도 숨이 컥 막히는 것이었다. 중턱에 오르자마자 준비라도 한 듯이 남편을 덮쳐 엎치락 뒤치락 몇 번을 구르더니 끝내 남편을 때려 눕혔다.

여인은 쓰러진 남편을 두고 도망갈 수도 없는 처지였다. 설사 도망을 한다 해도 산중턱이니 불한당에게 금세 덜미를 잡힐 것은 뻔한 이치였다. 여자는 그저 살려 달라고 애원만 할 뿐이었다.

억쇠는 쓰러진 남편을 소나무에 단단히 묶어 세웠다. 이제 남은 것은 여인을 겁간하는 일이었다. 그런 일은 억쇠에게 식은 죽 먹기 보다 쉬운 일이었다. 침을 삼키며 여인에게 다가가던 억쇠가 주춤 뒤로 물러섰다. 여인이 서릿발 같은 은장도를 손에 들고 있었기 때문이었다.

억쇠는 다시 비릿한 미소를 한번 띠우고는 조금씩 조금씩 육박해 들어갔다. 여인은 비록 칼은 들었지만 짐승같이 다가오는 사내가 두려웠다.

한 걸음 두 걸음 뒷걸음치던 여인이 그만 발을 헛디뎌 나자빠져 버렸다. 치마가 뒤로 뒤집어지면서 속옷을 드러내고 말았다.

삼십이 된 노총각 돌쇠는 정신을 잃을 정도로 아찔했다. 그 다음부터는 야수와 다름없는 겁간이 시작됐다.

칼을 뺏어 먼 곳으로 던져버린 돌쇠는 여인의 속옷을 무지막지하게 찢어 내렸다. 금방 사타구니가 하늘을 향해 드러났다. 다리를 꼬고 안간힘을 쓰는 여인을 바라보던 억쇠가 여인의 아랫배를 두어 번 치자 다리는 힘없이 풀어지고 말았다.

이 광경을 나무에 묶인 채 바라보고 있던 여인의 남편은 얼굴이 새파랗게 질리고 말았다. 억쇠가 여인의 몸 위로 올라가 다리를 활짝 벌리게 하고는 남편을 보고 징그러운 웃음을 지어 보였다.

남편은 차라리 눈을 질끈 감고 말았다.

여인의 비명 소리가 점점 높아지자 남편은 소나무에 자신의 머리를 찧으며 이를 악물었다. 어느새 억쇠와 여인의 이마에는 땀방울이 솟았다.

여인은 뭉게구름같은 쾌감이 피어나는 자신이 혐오스러웠다. 여인은 치욕으로 입술을 깨물었다. 피가 귓볼을 타고 흘렀다.

억쇠는 일을 마치고 해죽거리며 바지 고의춤을 여몃다. 이 때 나타난 사람이 정 서방이었다.

"이 개같은 놈아."

억쇠는 고함을 지르며 달려오는 정 서방이 누군지 몰랐다. 한참 후에야 그가 정 두목인 것을 알고 억쇠의 얼굴이 샛노랗게 질렸다.

"두목님…… 용서해 주십시오."

"이 머저리같은 놈아! 지금이 어느 때냐!"

"한번만 살려주십시오."

"하여튼 난 모르겠다. 우리 운명이 눈앞에 달려 있다고 대장께서 이런 행패는 엄금했는데 그것을 못참고 망나니 짓을 하다니! 하여간 흑석골까지 가자."

"아이구! 삼십 총각을 불쌍히 보시고 눈감아 주십시오."

"너는 한 목숨이지만 흑석골은 수백의 목숨이란 것을 모르냐?"

"무슨 짓이든 하겠습니다. 그러니 제발……"

"두 사람을 요절을 내도 아주 만신창이로 냈구나. 죽였느냐?"

"기절한 것 같습니다요."

"찬물을 떠다 얼굴에 끼었어 봐."

억쇠가 쏜살같이 달려가서 얼음장같이 찬물을 받아왔다. 두 사람의 얼굴에 끼었자 부부가 일시에 눈을 떴다.

"이제 가자."

정 서방이 꺽정에게 모든 것을 다 말하고 처벌만을 기다렸다. 꺽정은 눈을 감고 한참을 생각하더니 눈을 부릅뜨고 외쳤다.

"그 놈은 천 번을 죽일 놈이다. 내다가 물고를 내라."

망나니 역할을 하는 졸개가 순식간에 달려나와 억쇠의 목에 물을 뿌리고는 유언을 물었다.

"마지막 할 말이 없느냐?"

"제기랄, 사내 자식이 계집질 한 번 했다고 목숨을 끊는대서야 누가 기집질 할 놈이 있겠냐."

억쇠는 모든 것을 포기하고 제법 호령까지 했다.

"너희 놈들은 그 짓 안 하고 사느냐!"

"대장의 명령을 소홀히 한 죄가 더 크다는 것을 모르느냐!"

졸개의 칼이 번쩍 들리는가 싶더니 억쇠의 목이 데구르르 굴러 떨어졌다. 억쇠는 목숨과 바꿀 여인을 품은 것이었다.

이 일이 흑석골에 퍼지고 난 뒤부터는 단 한번도 행패 때문에 골치 썩힐 일이 생기지 않았다.

이별의 시작

안식구들이 모두 천복산으로 간 뒤 흑석골은 마치 불당(佛堂)같이 고요했다. 생활도 스님들과 흡사했다. 할 일이 없어 심심하기 짝이 없었다.

꺽정도 할 일이 없어 빈둥거리던 어느날 한양 계집들 생각이 간절했다. 그 날로 꺽정은 한양으로 갔다. 봇짐도 필요없었고 수행하는 졸개도 원치 않는 그야말로 맨몸뚱이 하나만 가는 조용한 한양 행차였다.

한양에 와서 며칠 동안 이집 저집을 드나들었다. 그러나 발길이 끌리는 곳은 역시 소향이 집이었다. 살결로 말하자면 과부 열녀도 그에 못지 않았지만 재주는 소향이를 따라가지 못했다.

기생이란 본래 재주 하나 보고 드나드는 것이라고 하

지 않았던가. 아무래도 집안에 있는 여자들은 살림 냄새가 나서 기분이 덜했다. 그러나 소향이는 웬통 남자만 상대할 궁리이니 그 재미가 말할 수 없이 좋았다.

꺽정은 저녁을 먹고 소향이 집으로 가기 위해 종로 큰 가리골 앞에 이르렀다. 그런데 저만치서 차면을 한 기생 하나가 종종걸음으로 걸어오고 있었다. 자세히 들여다보니 소향이가 틀림없었다.

"이게 누군가?"

"아이구, 이게 대체 누구세요."

"누구는 누구야, 당신 남편감이지."

"남편감은 또 뭐예요? 남편이면 남편이지 호호호."

길에서 간드러지게 웃는 폼이 어디서 이미 한잔을 하고 온 모양이었다.

"자네 벌써 취했네그려."

"하도 오랜만에 당신을 뵈니 허파가 그냥 있지 못하나 봅니다."

"그 동안 말재주까지 늘었구먼."

"그나저나 어디 가시는 걸음이세요?"

"어디로 가느냐고? 묻는 사람한테 가는 길일세."

"아이…… 반갑고 고마우신 말씀이네요."

"그간 서방을 몇이나 겪었나 검사나 좀 해보세."

"몇이긴 몇이에요. 나으리 기다리느라 온 몸이 녹아날 지경인데."

"그래? 어서 가서 다 녹아 없어지기 전에 영양보충이나 해야겠구먼."

"짓궂기는…… 천천히 오세요."

소향이가 바쁜 걸음으로 집으로 향하자, 소향이를 보고 꺽정이 소리쳤다.

"집에다 딴 서방을 숨겨 두었나?"

"벼락맞을 소리 하지 마세요. 먼저 가서 서방님 맞을 준비하려고 그랬죠."

"거짓말 말게. 서방 뒷문 열어 주러 가는 것 아닌가."

"어휴 엉큼해. 그럼 같이 가세요."

소향이는 꺽정이 좋았다. 평생에 서방이 한 둘이 아니요, 더구나 기생에게 무슨 빌어먹을 정절이 필요할까마는, 그래도 꺽정이를 만난 이후로 다른 사내의 품에는 안기지 않았다. 꺽정을 위한 일편단심을 스스로 지키려 했다.

그도 그럴 것이 소향이는 지금까지 십 년 동안을 기생 생활을 해 왔다. 그 동안 별의별 일을 다 겪었다. 수많은 서방들, 오입쟁이들, 권세 가진 자들, 방랑아들…… 그들과 함께 한 십 년은 이제 신물이 날 지경이었다.

꺽정이 나타나기 전에 소향은 기둥서방을 하나 드릴려고 했다. 얼마간의 돈을 쥐어주고 아주 기생 노릇을 때려 칠려고 마음먹었던 것이다.

그런대 소향이의 눈에는 얌전하고 속 안 썩힐 남자가 보이지 않았다. 막상 자신의 몸을 의탁할 사람을 생각했을 때는 편안하고 순박한 남자를 찾았던 것이다.

그 때 나타난 것이 꺽정이었다. 꺽정에게 흠이 있다면 가는 곳을 당최 알 수 없다는 것이다. 그것을 빼고는 나무랄 때가 없는 사내 대장부였다.

꺽정의 손을 마주 잡고 지게문을 들어서는 소향이의 입이 함박만큼 벌어져 있었다.

"무엇이 그리 좋으냐?"

"나으리는 싫으세요?"

"싫다."

"싫으시면 도로 가세요. 저도 좋은 것 하나 없으니까어서요."

"서방을 또 맞은 모양이구나."

"쪽집게 점쟁이시네요."

"한강에 배 지나간 자리로구나."

"죽 퍼먹은 자리는 아니구요?"

"칼로 물 베고 난 자리지."

"아시기도 많이 아시네요…… 호호호."

날이 어두워지자 흰 달이 휘영청 밝았다. 달빛에 비친 소향이 얼굴이 그대로 또 하나의 달덩이였다. 잘 차려진 술상과 어여쁜 여인을 옆에 끼고 먹는 술판이 그대로 별천지였다.

"그래, 오늘은 누구의 집에서 놀았나?"

"방 교리(方敎理) 집이었어요."

"방 교리를 좋아하는 모양이지?"

"좋아하긴 누가 좋아해요."

"진심인가?"

"기생에게는 진심이 없는 줄 아세요?"

"기생에게 진심이 어울려야지."

“……”

짓궂은 농담을 던지던 꺽정이 아차 싶었으나 벌써 소
향의 어깨가 가늘게 떨리고 있었다.

“울기는……”

“……”

“자네와 같은 일등 명기가 아직도 좋아하는 서방이 없
대서야 누가 믿겠는가?”

“……”

“믿고 안 믿고간에 내가 말 실수를 했네. 미안허이.”

그제서야 소향이 눈에 눈물이 글썽한 채로 빙긋 미소
를 짓고는 술 한잔을 마셨다.

“그래 방 교리는 똑똑하던가?”

“방 교리가 뭐…… 제 서방인가요. 관상까지 보게.”

“그게 아니라…… 몇 놈이나 모였지?”

“방 교리와 홍문관의 젊은 양반들…… 그리고 선전관
한 사람하고 외임해 가는 분이 있었지요. 황해도 봉산군
수로 외임해 가는 분을 위한 자리 같았어요.”

“봉산 군수라……”

“근데 선달님! 혹시 임꺽정이를 아세요?”

“임꺽정?”

“그 분이 만일 있다면 오늘 귀가 꽤 가려웠을 거예요.”

“임꺽정의 귀가 가려웠을 거라니?”

“하루 종일 그 분의 욕지거리를 하더라구요.”

술이 점점 거나해져 오던 꺽정의 귀가 번쩍 뜨였다.

“뭐라고 욕을 하던가?”

"해괴 망칙해서요."

새로 부임해 온다는 봉산 군수가 자기를 욕했다는 말에 부쩍 궁금증이 일었다.

"그 자의 성씨가 뭐라고 하던가?"

"방삼문(房三文)이라고 합디다."

"뭐라고 떠벌이든가?"

"기고만장해서는 꺽정이 놈을 꼭 잡아서 나라에 바친다고 하던걸요."

"임꺽정이가 들으면 귀가 간지러웠겠군."

"거기 있던 다른 양반들이 일개 군수의 힘으로는 꺽정이같은 대적을 잡을 수 없다고 하니까 그 사람이 팔을 걷어부치고 하는 말이……"

"하는 말이?"

"꺽정이를 못 잡으면 방가의 성을 갈겠다고 큰소리 쳤어요."

"하하하…… 미친 놈."

"그뿐이 아니에요. 임꺽정이는 백정의 자식인데 양반으로 태어나 아무리 백정의 자식놈 하나 못 잡는다는 것이 말이 되겠느냐고 하더라구요."

"……"

백정의 아들 놈! 백정의 아들 놈!……

꺽정의 머릿속으로 불이 후끈 달아올랐다. 흉악무도한 강도나 도적놈 소리는 아직 들을 만했다. 그러나 백정의 아들 놈이라는 소리는 이제 신물이 나게 들었던 터라 더이상은 용납하기가 힘들었다.

무심코 내뱉은 소향의 말에 꺽정은 흰자위가 희번득 거렸다.

'이놈의 새끼 집을 찾아가 불을 싸지르고 처족을 몰살시킨 다음 놈을 갈갈이 찢어 죽일…… 아니면 부임하는 도중에 흑석골로 붙잡아다가 난도질을 해 쳐죽일까…… 어쨌든 가만두지 않겠다. 이놈!'

"어디 불편하세요?"

"응…… 아냐…… 큰 항아리로 술 한 동이만 퍼오게."

"아이구머니……"

"한 동이만 퍼오래도……"

소향은 아무 소리 못하고 부엌 어멈을 불러 동이째로 술을 걸러오게 시켰다. 바가지로 몇 되박을 마신 꺽정은 속이 좀 풀리는지 길게 트림을 했다.

"오늘 밤은 경음(鯨飮)을 해야겠어."

"경음이라니요?"

"고래가 바닷물을 마시 듯 하는 것 모르나?"

"선달님이 고래예요?"

"그럼 자네 눈에는 새우로 보이나?"

"아이참…… 그러시다가 병 나실까 봐 그렇죠."

"염려 마라! 병 날 때까지만 살 것이니."

"왜, 화가 나셨어요?"

"내가 무서워 보이나?"

"화 나실 때는 호랑이 같으세요."

"이놈의 흰자위 때문에 내 사주팔자가 험한 것을 어쩌나."

"험할 때 험하더라도 사내다워 좋잖아요. 그만 화를 푸세요."

"오랜만에 자네를 만났으니 풀어야지."

금세 웃음을 띠운 소향이가 꺽정에게 달려붙다시피 하면서 아양을 떨었다.

"자네 볼기살이나 한번 주물러볼까……"

꺽정이 소향이를 안아 이불에 뉘였다. 그러자 소향이 벌떡 일어나 앉으며 애교를 부렸다.

"제가 옷을 벗겨 드려야지."

"……"

"나으리는 한양에 오시면 재미 보실 것 다 보시고 저에게 오시는 거죠?"

"……"

"한양서는 제가 제일 꼴찌죠? 왜 명답을 안 하세요?"

"그건 오해다. 음식도 제일 맛좋은 것을 먼저 먹을 수도 있지만, 그 반대로 제일 나중에 아꼈다가 먹는 법도 있어."

"근데 제가 뭐 음식인가요."

"그게 음식하고 비슷하지 뭐냐."

"무엇이 비슷하다는 말씀이에요?"

"여자와 있을 때 남자의 입이 무엇에 쓰이는지 생각해 보거라. 마시고 빨고 씹지 않더냐. 그래서 음식이지."

"호호호…… 징그러워라."

"우선 네 웃음 소리부터가 옥쟁반을 구르는 음식같구나."

"하여튼 말씀은 잘 하세요."

"자, 그럼 잘 익은 음식 맛 좀 볼까?"

꺽정은 소향이의 도톰한 입술에 입을 맞추었다. 한참을 서로의 입술을 맞대고 붉은 혀를 놀렸다. 까칠한 꺽정의 턱수염이 소향의 입술을 자극했다.

소향은 꺽정을 똑바로 뉘우고는 가만히 머리를 쓰다듬었다. 마치 엄마가 아이를 위로하는 태도였다. 꺽정은 눈을 지그시 감고 소향에게 몸을 내맡겼다.

소향은 꺽정의 옷을 한 꺼풀씩 벗겨 갈 때마다 그 곳에 입을 맞췄다. 소향의 요염한 혀가 두툼한 꺽정의 억센 피부를 뚫기라도 하는 듯 거대한 몸이 움칫 떨었다. 꺽정의 가슴으로 어깨로 소향의 보드라운 손이 춤을 추었다.

꺽정은 나른하게 온몸의 긴장이 풀어지는 것만 같았다. 어느새 소향의 손이 꺽정의 아래춤 위를 문지르기 시작했다.

소향은 항상 꺽정의 대물을 만질 때마다 깜짝 놀라는 것이었다. 수많은 남자를 겪어 봤지만 이렇게 단단한 기운은 경이로움 그 자체였다.

소향의 혀가 꺽정의 배꼽 아래로 미끌어져 내려왔다. 꺽정의 큰 물건은 아직 용맹을 떨치지 않고 있었다. 소향은 매끄러운 손으로 대물을 흔들어 깨우기 시작했다.

"아가야, 뭐하니 단꿀을 주랴…… 꽃향기를 심어주랴……"

소향은 갓난아기를 다루듯 조심스럽게 달랬다.

"머리를 안 내어 놓으면 잡아 먹는다."

소향은 옛 향가를 읊고는 장난스럽게 입을 쩍 벌려 꺽정의 대물을 건드렸다. 그런 소향이를 보고 있노라면 꺽정은 한없이 편안함을 느꼈다.

꺽정은 팔을 뻗어 소향의 얼굴을 가만히 싸쥐었다. 소향이의 토끼같은 눈이 깜박깜박 움직였다.

"한 입에 쳐넣어도 아깝지 않을 요년⋯⋯"

꺽정은 소향의 엉덩이를 으스러져라 주물렀다.

"아야⋯⋯ 아야⋯⋯"

엄살을 떨고는 꺽정의 대물을 자신의 가슴 사이로 얹었다. 소향이가 가슴을 싸안아 쥐고는 천천히 움직였다.

꺽정의 대물이 천천히 살아나기 시작했다. 흰 살결을 뚫고 거무튀튀한 다듬이 방망이만한 것이 툭 튀어 올랐다.

꺽정은 소향이를 그윽한 눈으로 바라보았다. 소향의 희디 흰 가슴도 어느덧 부풀어올라 검은 꼭지가 툭 불거져 나왔다. 힘차게 일어 선 꺽정이 이번에는 소향이를 눕히고 샅샅이 쓰다듬기 시작했다.

무르익은 소향의 입에서 신음이 흘러 나왔다. 서로의 몸을 너무도 잘 알고 있는 두 사람은 늦지도 빠르지도 않게 서로를 연주해 나갔다. 마침내 서로 뒤엉켜 용틀임을 시작했다.

넓은 방안이 오히려 비좁게 느껴질 정도로 격정적인 두 사람이었다. 갸냘픈 소향의 몸 어느 구석에서 그리 큰 불길이 쏟아지는지 꺽정도 알 수 없었다. 밤새도록 땀과 애액으로 온몸을 적시기를 여러 번이었다.

"나으리, 주무세요?"

"으응…… 왜……?"

"오늘 떠나셔야 하나요?"

꺽정이 졸린 눈을 비비고 일어나 보니 소향의 눈이 부어 있었다.

"자네 밤 사이에 울었는가?"

"아니에요…… 그냥……"

"글쎄, 떠나기는 떠나야겠는걸."

"나으리, 가지 마세요."

"자네 기둥서방이나 하면서 여기서 지낼까?"

"정말 그래주시면 정성껏 모실게요."

"자네 마음은 알지만 사내 대장부로 태어나서 평생 기생서방만 하다가 뗏장 덮을 수는 없는 일 아닌가."

"기생서방이 싫으세요?"

"이거 하룻밤에 완전히 물렸는걸."

"아이, 또 망칙한 소리."

소향은 꺽정의 허벅지를 힘껏 꼬집었다.

"아야야."

"호호호…… 사내 대장부도 아픈 곳이 있네요."

아무리 힘센 장사라 해도 여인의 매서운 꼬집기에는 당해낼 수 없었다. 꺽정이도 비명을 지르고 말았다.

"내 죽어도 널 잊지 않을 테니 날 놔줘라."

"못 놔주겠어요. 한번 정을 주는 것이 나으리에게는 별일 아니지만 저같은 년에게는 일생의 중대한 일이라구요.”

소향이는 긴 한숨을 내쉬었다. 두 눈에는 꺽정을 향한 정이 담뿍 담겨 있었다.

“그럼 저를 데려가 주세요.”

“이번엔 안 돼.”

“그럼 죽이고 가세요. 나으리께서 죽이신다면 정말 한없이 죽을 수 있어요.”

“내가 누구인 줄이나 알고 날 따라 간다고 하는가?”

“……”

소향이는 지금까지 꺽정이 어떤 사람인지 알지 못했다. 그저 배짱 넉넉한 사내 대장부라는 것만 믿고 따랐던 것이다. 그러나 깊은 정을 주고 난 다음부터는 문득문득 궁금해지기도 했다.

꺽정이 심상치 않은 눈빛으로 얘기를 꺼내자 소향이도 바짝 긴장이 되어 귀를 기울였다.

“정 알고 싶으면 알려주지. 바로 내가 저 흉악무도한 해서대적(海西大賊) 임꺽정일세.”

소향은 입을 벌린 채 그 자리에 우뚝서서 움직일 줄 몰랐다. 머리가 텅 비어 아무 생각도 나질 않았다.

“나를 똑바로 다시 쳐다보게…… 이래도 날따라 가겠다고 야단하겠나?”

“당신이…… 정말……”

“왜, 겁이 나는가?”

“……”

“나도 오장육부가 멀쩡한 사람이란 말일세.”

"……"

"그래도 험한 산 속으로 따라갈텐가?"

"흉한 도적이 아니라 그 할애비라도 나는 좋아요."

"너의 마음을 내가 왜 모르겠나."

"나으리, 도량이 바다와 같아 보통 양반은 아닌 줄 알
았지만……"

어느새 소향이 눈에 눈물이 맺혔다. 나라를 뒤흔드는
사내를 자신의 치마폭 아래에 둔다는 것은 불가능한 일
이었다.

"나는 가야 하네……"

"……"

소향은 대문 밖에까지 나와서 사라져가는 꺽정을 오랫
동안 쳐다보았다.

꺽정이 눈에서 보이지 않게 되자 그 자리에 쓰러져 눈
물을 흘렸다. 속정을 준 사내를 만났지만 살을 붙이고
오손도손 살 사람이 아니었다.

소향은 자신의 기구한 팔자 앞에서 굵은 눈물을 흘릴
수밖에 없었다.

서방님 숫자는 하늘의 별

　한양을 떠난 꺽정은 이틀밤이나 도중에 묵게 되었다. 그것은 한양에서 여색을 너무 밝혀 걸음이 시원하게 걸려지지 않았기 때문이었다. 사흘째 되는 날에야 흑석골에 도착할 수 있었다.
　취의청에 여러 두령들과 두목들이 차례로 들어와서 꺽정에게 문안 인사를 드리고 나가자, 서림에게 이야기를 꺼냈다.
　"그 놈을 죽여야겠소."
　"밑도 끝도 없이 그 놈이라니요?"
　"이번에 봉산 군수로 부임한다는 방삼문이라는 놈 말이오."
　"만나보셨습니까?"

"만난 거나 다름없소. 그 놈이 날 잡아서 나라에 바치지 못하면 사람이 아니라구 게거품을 물더라는군."

"그냥 두어서는 안 될 놈이군요."

"한양에서 오면서 곰곰히 생각해 보았는데, 그 놈이 부임해오는 길목을 지켰다가 욕을 실컷 보이고 죽여 없애는 것이 좋을 듯싶소."

"요즈음 때는 과히 좋지 않습니다만 그런 놈을 살려두었다가는 다른 놈들까지 날뛸 테니 초장에 기선을 제압하는 것이 옳은 생각이십니다."

무슨 결심을 하였는지 꺽정의 두 눈썹이 곤두서기 시작했다.

봉산 군수였던 박태원의 목이 달아날 때만 해도 그는 관청의 도장궤를 해주 감영에 바친 다음 자신은 흑석골 길을 피해 연백 등지를 돌아 한양으로 갔다.

이는 흑석골을 얼마나 꺼렸는가를 알 수 있는 것이었다. 그러한 계제에 또 큰일을 저지른다는 것은 흑석골의 입장을 한층 불리하게 하는 것이지만 꺽정의 분노로 보아 그냥 넘어갈 것 같지 않았다. 그래서 서림도 꺽정의 뜻에 억지로 찬성했던 것이다.

신관으로 부임하는 방삼문도 흑석골 길을 피할지도 모르지만 그 기고만장하던 태도로 보아 알 수 없는 일이었다.

꺽정의 분노가 큰 것을 보고 부하들이 서로 가겠다고 아우성을 쳤다. 하지만 꺽정은 손수 자신이 뽑아 갈 것이라고 못을 박았다.

그것을 보던 서림은 흥분한 꺽정보다도 자신이 직접 가기를 원했고 또 흑석골에 공을 세우고 싶은 마음이 들었다.

　"이번 일은 대장의 몸을 받아 제가 직접 한번 처리해 보고 싶습니다."

　"내가 가야 분풀이를 톡톡히 할텐데?"

　"그 놈의 죄를 물어 직접 보복을 한다고 해서 분이 사그러 들지는 않을 듯합니다. 또한 그만한 일로 대장님이 직접 나서시는 것도 모양이 좋지 않습니다."

　"흠…… 그야 그렇지만…… 정 그렇게 가고 싶다면 한번 나서보시오."

　"저에게 기회를 주어 감사할 뿐입니다."

　"이번 일은 서 종사와 최 두령, 방 두령, 기 두령, 편 두령하고 졸개 여남 명만 데리고 떠나보시오."

　꺽정의 명이 떨어진 그 날로 일행 십여 명이 보따리 속에 무기를 감추고 떠났다. 서림은 일행에게 한꺼번에 떠나면 눈길을 모을 수 있으니, 둘씩 짝을 지어 백보 이상을 떨어져 걸으라고 일렀다.

　흑석골을 떠난 일행은 그날 밤 임진마루 부근 주막에서 묵게 되었다. 주막은 비록 작았지만 여주인은 상당히 고운 요부형의 미인이었다.

　여인은 초저녁부터 여러 두령들을 힐끔힐끔 훔쳐 보고 있었다. 관상을 볼 줄 아는 서림은 첫눈에 여주인을 알아보고는 저녁상을 물리자마자 희한한 말을 꺼냈다.

　"오늘 밤 장가 가고 싶은 사람 없소?"

"어디 계집이 있어야 뽕을 딸 것 아니오."

"최 두령은 안 되겠는걸……"

"왜, 난 장가들면 안 되오?"

"그런게 아니라 여색을 너무 밝히는 사람은 자격이 없다는 말이오."

"고기도 먹어 본 사람이 잘 먹는 법이란 거 몰라요?"

"내 말은 못 먹어 본 사람도 좀 먹어야 하지 않겠냐는 거요."

"하하하……"

사리가 맞는 서림의 말에 모두가 웃음을 터뜨렸다.

"어디에 물오른 좋은 계집이 있습니까?"

방 두령이 비대한 몸을 흔들며 눈빛을 반짝였다.

"아주 가까운 곳에 보물을 두고도 모른단 말이오?"

그 말을 들은 눈치빠른 기 두령이 아는 체를 했다.

"주막 주인의 칼을 맞고 싶은 게로군."

"강간을 하는 게 아니니 그런 걱정은 안 해도 될 것이오. 계집의 엉덩이나 잘 살펴보우. 꼬리를 몇 개나 흔드는지……"

한참 후에 여주인이 숭늉 그릇을 가지고 왔다. 노상 입을 벌려 흰 이를 드러내고 웃지 않으면 눈을 곱게 흘겨 색을 흘리는 것이었다.

저녁 밥상을 물릴 때도 꼬리치는 것은 여전했다.

서림이 모두에게 알겠냐는 눈짓을 보내자, 모두들 계집의 요염한 냄새를 풍기는 몸을 훑어 보느라 정신이 없었다. 방 두령 뿐만 아니라 졸개들까지 거의 눈치를 채고 있었다.

"저 년이 상당히 사내를 밝히겠는걸……"

"남편 놈이 힘없는 물건을 가지고 있는지 모르지……"

일행은 웃고 지껄이다가 금세 잠이 들었다. 하루 해를 걸었기 때문에 모두 피곤에 지쳐 있었던 것이다. 이를 가는 사람, 군소리를 하는 사람, 발길질을 하는 사람 가지각색으로 잠에 빠져 있었다.

오직 몸이 건장한 방 두령만이 몸을 뒤채며 잠을 못이루고 있었다. 아까 여주인이 물을 길러 간다면서 애꿎은 남자들의 방문 앞을 오락가락하던 것이 새록새록 머리를 떠나지 않았다. 분명 무슨 이유가 있을 것 같았다.

그 때 건넌방에서 지껄이는 소리가 마루 하나를 건너 방 두령의 귀에까지 들려 왔다.

"뭐? 뺀 것 같다고? 에라, 이년아."

여자의 가는 신음 소리가 들리더니 연이어 남자의 화난 목소리가 들렸다. 이윽고 여인의 비명 소리가 들렸다.

"사람치네…… 사람 살류……"

방 두령은 먼저 방안을 휘 둘러보았다. 아무도 여인의 비명에 잠을 깬 사람은 없었다.

방 두령은 살금살금 마루로 나갔다. 캄캄했다. 그러나 건넌방에서는 여전히 부부 싸움 소리가 요란했다.

"밤낮 임자가 나를 즐겁게 해준 게 뭐 있어요."

"그래, 이년아! 나는 그렇다치고 나그네만 보면 꼬리를 치는 니년은 잘한 게 무어냐."

남자가 머리를 휘잡아 끄는지 여인이 마구 고함을 질

렀다. 그래도 저쪽 방은 어지간히들 잠에 취해 있었다.

"죽일 년! 몇 놈째 붙어 먹은 거야! 안마을 백가 놈, 뒷골 이가 놈…… 씹 뒤집어질 년 같으니라구…… 오늘은 장가, 내일은 김가…… 오늘 저녁 맛 좀 봐라, 이 화냥년아."

남자가 어둠 속에서 칼이라도 찾는 모양이었다.

"당신이 병신이면서 내 탓만 하면 난 어쩌우……"

여인이 끝내 울음을 터뜨렸다. 하지만 그것은 우는 시늉이 역력했다. 그것을 아는지 모르는지 사내란 작자의 목소리가 금방 누그러졌다.

"여보, 울기는…… 그럼…… 그럼."

사내는 언제 그랬냐 싶게 여인을 끌어당겨 안았다.

방 두령은 이상한 충격과 흥미를 느꼈다.

"무슨 이런 것들이 다 있지? 어디 한번 하는 짓이나 좀더 보다가 계집을 후려주마."

어느새 여인의 앓는 소리가 요란하게 들려 왔다.

"으으흐흐…… 으…… 어이……"

괴상하고 야릇한 소리였다. 남자의 신음 소리 또한 흉칙했다.

방 두령은 고개를 갸웃거리고는 문틈으로 안방을 들여다보았다.

"……"

방두령은 할 말을 잃었다. 남자는 여인을 깨물고만 있었다. 여자 또한 깨물리우는 것만으로 흐느끼고 있었던 것이다. 그뿐이었다.

희한한 일을 본 방 두령은 의혹만 더욱 깊어갔다.

'장난치고는 고약한 발광이네…… 참 우스운 것들이로고……'

한참 후에는 여자가 남자를 물어뜯고 있었다. 기집질에 이골이 난 방 두령이었지만 도대체 그들이 하는 짓이 무엇인지 알 수가 없었다.

남자는 곧 여자의 소중한 부분을 한 손으로 문질렀다. 그러더니 흥분한 여인이 남자의 배 위에 타고 앉아 들썩이는 것이 아닌가. 한참을 그러더니 여자가 흐느껴 울기 시작했다. 방 두령은 여전히 고개만 갸웃거렸다.

'이게 임진강 부락의 풍속인가? 참 별놈의 풍속도 다 있군, 그래.'

잠시 후 여자가 남자의 귀에 소곤대는 소리가 들렸다.

"당신이 내 사정을 알아 주지만 참 불쌍해요."

"당신 맘대로 해요."

"……"

"난 앞으로 당신 행동에 간섭 않겠어."

"……"

"다 내 잘못이야."

"……"

둘은 한동안 말이 없었다. 한참 후에 여자가 부시럭거리며 일어났다.

"여보……"

"왜……?"

"나…… 나…… 오늘 밤에……"

"뭐?"

"오늘 밤에 하나……"

"……"

"난…… 난…… 아무래도……"

"맘대로 해……"

사내가 기운없이 한 옆으로 돌아 눕자 여인이 다시 훌쩍이기 시작했다.

"여보…… 아무래도 난…… 해야겠어요."

사내의 대답이 없자, 여인이 다리를 벌리고 사내의 무릎에 올라앉아 아래를 쓰윽 쓰윽 문지르며 보챘다.

"날…… 용, 용서해요."

사내가 말없이 고개를 끄덕이자 여인은 호들갑스럽게 좋아했다. 여인은 벗었던 옷을 입더니 방안에서 나오는 것이었다.

방 두령은 여인이 나오자마자 냉큼 안아올렸다.

"나요."

"호호호…… 빠르기도 하시지."

"당신을 쭉 지켜보고 있었으니까."

방 두령이 여인을 안고 나서는데 방안에서 사내의 목소리가 들렸다.

"별꼴을 다보는군."

사내의 투덜거리는 소리가 귀에 거슬렸다. 보통때 같았으면 당장 들어가서 주먹을 올려부쳤겠지만 조용히 참고 말았다.

포동포동한 여인의 살결이 품을 간지럽히자 방 두령은

금세 후끈 달아올랐다. 그저 빨리 요절을 내고 싶은 욕심뿐이었다.

"우리 빨리 깍지우리로 가요."

"많이 가 본 솜씨구려."

"그럼, 주인이 고자인데 그런 곳쯤은 하나 마련해 놓아야지요."

"고자?"

"……"

여인은 또 금세 울기 시작했다. 참 알다가도 모를 여자였다.

방 두령이 거적문을 열어 젖혔다. 순간, 인기척이 후다닥 움직이는 것이 느껴졌다.

"저게 누구여……"

어두운 곳이라 잘 눈에 띄지 않았지만 여인이 당황해 하는 것은 느껴졌다. 방 두령이 가까이 다가갔다.

이건 또 무슨 일이란 말인가! 웬 떠꺼머리 총각 한 놈이 서 있지 않은가. 계집은 벌써 총각놈을 불러다 놓고 있었던 것이었다.

"내가 너에게 정조를 요구하는 것은 아니다만……"

"서방이 고자니 난들 이 젊은 몸을 어찌 하겠어요."

"좋다…… 우선 저 놈을 내쫓아라."

말이 끝나기가 무섭게 총각 놈이 방 두령에게 달려들었다.

"이 새끼가 뭣이 어째!"

떠꺼머리 총각 놈의 발길이 방 두령의 면상을 향해 날

아들었다. 둔탁한 소리가 났지만 어느새 총각의 머리가 방 두령의 손아귀에 대롱대롱 매달려 있었다.

"하룻강아지 범 무서운 줄 모르고…… 대체 넌 누구냐?"

"날 놓아주시오. 우리는 동서 사이가 아니오."

"뭐? 동서라구?"

"한 계집의 것을 두 사람이 하면 동서 되는 것이지 별수 있소."

"하루 종일 별놈의 것들을 다 보는군. 넌 지옥으로나 가야겠다."

"뭐, 맘대로 하슈."

총각 놈은 생각보다 넉살이 좋은 놈이었다.

방 두령은 깐죽거리는 떠꺼머리를 냅다 집어 던져 버렸다. 총각 놈은 저만큼 나가 떨어지는 듯싶더니 어느새 땅재주를 넘고는 먼지를 툭툭 털어내었다.

"헤헤헤……"

어린 아이같은 웃음을 웃고는 휙 어둠 속으로 달아나 버렸다.

깍지우리 속은 냄새가 요란했다.

"이게 무슨 냄새야? 어디 할 맛이 나는가?"

"배부른 소리 마세요. 난 이것도 감지덕지하다우."

"너가 단단히 색에 미쳤구나. 하여튼 고자 남편 모시느라 수고하는구나."

"오늘 저의 남편은 당신이에요."

"낭군이 몇이나 되느냐?"

"매일 밤 뜨는 별만큼……"

"그럼 실력이 좋겠는데?"

"어찌 제가 흑석골 방 두령보다야 좋겠습니까?"

방 두령은 흠칫 놀라 여인을 저만큼 밀쳐냈다.

"너가 나를 어찌 아느냐? 혹시 귀신이거나 여우가 둔갑한 것 아니냐?"

"술 장사 십수 년에 흑석골 패들을 모른대서야 술 헛판 거지요."

"그래? 하기사 유명한 방 두령을 몰라주면 내가 섭하지."

방 두령이 여인을 푹신한 곳을 찾아 눕히려 했다.

"먼저 누우세요."

"내가 먼저? 혹시 물어 뜯지는 않겠지?"

"자꾸 그러실래요? 눈물 짜는 것이 보고 싶으면 맘대로 하세요."

"아니네…… 어서 빨리 벗고 올라오구려."

부시럭부시럭 여인이 옷을 벗었다. 방 두령은 그 소리만 듣고도 아랫뿌리가 뻐근해져 왔다.

여인이 방 두령의 품안에 쏙 파묻히듯 안겨 들어왔다. 남자를 밝히는 여인이라 그런지 벌써 몸이 뜨거웠다.

방 두령이 슬쩍 아래로 손을 들이미니 벌써 촉촉하게 젖어오고 있었다. 남편이 고자인 것이 오히려 여자에게 남자의 참맛을 깨닫도록 한 것 같았다.

방 두령의 몸이 움직일 때마다 여자의 얼굴이 연꽃처럼 피어올랐다. 방 두령의 몸을 조금이라도 놓치지 않으려고 여인은 안간힘을 썼다. 기력이 장사인 방 두령같은 남자를 만나기란 쉽지 않다는 것을 알고 있었던 것이다.

좁은 깍지우리가 금세 신음 소리로 뒤범벅이 되었다. 방 두령도 어느새 여인의 살 냄새에 취해 무아지경을 헤매고 있었다.

"흐흠…… 여보…… 흐으……"

여인은 검은 자위가 곧 넘어 갈 것같이 흥분하여 주위의 짚풀을 쥐어뜯었다.

방 두령이 점점 빠르게 박동해 들어갔다. 질척이는 소리가 집안을 울릴 지경이었다. 여인이 거의 실신 지경에 이르렀을 때였다. 바깥에서 부시럭거리는 소리가 들렸다.

"이게…… 무슨 소리냐!"

방 두령이 일어서려 하자, 여인은 허리를 더욱 바싹 껴안았다.

"그 놈이 또…… 온 것이……"

"제발……"

그 때였다. 사내 두 놈의 발자국 소리가 지쳐 들어오고 있었다. 칼을 든 놈은 남편이었고 도끼를 움켜 쥔 놈은 떠꺼머리 총각이었다.

"이 놈아, 칼 받아라!"

"이 놈아, 도끼 맛을 보거라."

방중달이 육중한 몸을 날래게 빼어 일어섰다. 여인은 뭉클한 쾌감을 참지 못하고 방중달의 물건을 찾아 헛되이 손을 허우적거렸다.

시퍼런 칼날이 방 두령을 향해 날아들었다. 거의 동시

에 뒤통수를 향해 도끼까지 일시에 퍼부어졌다.

보통 사람 같았으면 반 병신이 되었거나 머리가 둘로 쪼개졌을 상황이었다. 그러나 방중달은 한 손으로 칼을 잡아 나꿔채고 또 한 손으로는 도끼 자루를 움켜 쥐었다.

잡은 두 손에 끄응 하고 힘을 주자 두 사람이 허공으로 떠올랐다.

"백 명이 한꺼번에 달려들어도 안 되는데 겨우 두 놈이 발광을 떨었느냐."

"너희들 마지막 소원이 무엇이냐?"

"죽여 다오."

총각이 배짱을 부렸다. 그러다가 방중달의 흡뜬 눈을 보고는 목소리를 낮추고는 한번만 살려 달라고 빌었다.

"내 손에 피는 묻히기가 싫다만은 너 같은 놈은 그냥 둘 수가 없다."

총각의 한쪽 다리를 튕기니 딱! 하고 다리 부러지는 소리가 울렸다.

"아이고! 사람 죽네."

방 두령이 다시 남편을 번쩍 치켜들었다.

"네 놈은 사정을 봐줘서 팔이나 하나 분질러 놓겠다."

방 두령이 서방의 팔을 휘어 힘을 주자 뿌드득! 튀는 소리와 함께 팔이 축 처졌다.

"살인이다!"

두 사내가 한꺼번에 고함을 지르자, 방안에 있던 일행들이 우 하고 몰려 나와 방 두령을 연이어 불렀다.

그 소리를 들은 사내가 다시 고함을 치자 방 두령이 머리로 턱을 치받았다. 턱 아래에서 붉은 피가 뚝뚝 흘러내렸다.

"그만해 두게 방 두령."

서림이 타이르듯 방 두령을 달랬다.

"하여간 어찌 된 일인지 영문이나 압시다."

서림은 방 두령에게서 주막 주인을 빼내어 피를 닦아주었다. 주막 주인이 서림을 보고 한탄하듯 입을 어렵게 놀렸다.

"저 사람이 남의 마누라를 뺏어가지고 가기에 내가 손을 먼저 손을 댄 것이오."

"여편네가 가만 있었는데 손을 댔나요?"

"……"

남편은 대답이 궁했다. 방 두령이 분이 풀리지 않은지 불쑥 끼어들었다.

"너의 계집이 하루 종일 꼬리를 치기에, 내가 응어리 좀 풀어주었다. 그것이 그렇게 잘못이란 말이냐?"

"그만두고 이제 화해들 하시오."

서림이 제안하자 모두들 먼지를 툭툭 털고 일어났다.

잠이 싹 달아난 사람들은 서로 화해하는 겸해서 술판을 벌였다. 여주인이 모두에게 미안한지 술과 안주를 푸짐하게 내왔다.

술집 주인은 한쪽 팔로 술을 들이키며 그 동안 일어났던 풍파를 대충 이야기했다. 집안의 분란은 계집이 놀아났던 탓이었고 이만큼 돈을 모으고 성공하게 된 것도 다 계집 덕분이었다고 긴 한숨을 섞어 푸념했다.

"계집을 버리구려."

"이제 이 나이에 또 그 곳까지 말을 듣지 않는데 누가 새로 오겠다고 하겠소."

주막 주인은 시간가는 줄 모르고 신세 한탄을 늘어놓았다. 그러나 해결책도 다른 방법도 있을 수가 없었다. 그저 지지고 볶고 살아야 할 막막한 부부였다.

원수를 사랑하다

새벽 일찌기 흑석골 일행들은 임진 나루터에서 배를 기다렸다. 한 시간이 넘게 지나서야 건너편에 있던 나룻배가 굼벵이처럼 흘러 들어왔다. 건너와서도 다른 사람을 기다리느라 떠날 줄을 몰랐다.

"우리가 삯을 후하게 줄테니 그만 건넙시다."

기다리다 못한 서림이 무명 한 필을 꺼내주며 사공을 재촉했다. 무명 한 필이면 쌀 닷말은 충분히 되고도 남을 후한 배삯이었다. 그제서야 배는 강건너를 향해 흘러갔다.

아무 말도 없이 그저 멍하니 하늘을 보고 노를 젓던 사공이 입을 열었다.

"어디로 벌이들을 하러 가시오?"

"벌이하러 가는 것 같소?"

"글쎄…… 그렇기도 하고 그렇지 않은 듯도 하고…… 잘 모르겠소."

"당신이 잘 보았소. 우리는 장사꾼이오."

"글쎄요……"

"왜 내 말이 거짓말같소?"

"내가 육십 평생 동안 사람을 많이 겪었지만 당신들과 같은 관상은 처음이오."

"상이 어떤데 그런 말을 하시오?"

"좋구도 나쁘고…… 나쁘고도 좋으니……"

"그게 대체 무슨 상이오. 그런 상도 있소?"

"당신들은 보통 사람들은 아니신 것 같으오."

"탓하지 않을테니 솔직히 말해보오."

"도적이 아니면 왕족으로 보이오. 왕족이 아니면 개국 공신이든지……"

서림이 노인을 다시 한번 우러러보았다.

"어디서 상법을 배우셨소?"

"인생이 말해주는 것이오. 사람을 많이 겪다보면 보이는 법이지요."

배가 어느덧 언덕에 닿았다. 서림이 일행이 내려서 얼마 걷지 않았는데도 산 모퉁이에서 호령 소리가 들렸다.

"물렀거라! 허이…… 비켜서라! 허이……"

흑석골 일행은 일순 긴장을 하고 서로의 얼굴을 쳐다보았다.

"쫓아가서 물어 보시오. 어디 행차인가……"

편 두령이 날랜 걸음으로 행차를 쫓는데, 그들도 걸음이 빨라서 한참만에야 겨우 뒤떨어져 가는 하인에게 물어 볼 수 있었다.

"이 행차가 어느 행차요?"

"봉산 원님 행차요."

편 두령이 쏜살같이 돌아와서 일행에게 보고하자 서림이 고개를 흔들었다.

"장소가 마땅치 않은 것 같은데……"

"할 수 없지요. 강가에서 아주 박살을 내버립시다."

"임진 나루에는 진군이 있는걸……"

여러 사람의 의견이 들쭉날쭉하던 중에 방 두령이 주먹을 하늘로 쳐들었다.

"그 놈을 생포해서 대장께 바칩시다. 내가 깍지를 낄 테니 그 때 모두들 달려들어 얽어버리는 게 어떻소."

산 채로 잡아가자는 말에 모두들 신나해하는 눈치였다.

"좋소! 하여튼 배 타는 데서 시비를 걸어 봅시다."

방 군수는 말에서 내려 여유롭게 강산을 휘둘러 보고 있었다. 수염을 쓰다듬으며 허리짐을 지고 있는 것이 꽤나 위엄있는 원님의 풍모였다.

이윽고 물건과 사람들이 배에 올랐다. 거의 다 밧줄을 풀었을 무렵, 별안간 강둑 옆에서 한 떼의 불량해 보이는 사내들이 소리를 치며 달려왔다.

"우리도 같이 탑시다."

누가 보아도 배에는 사람과 물건이 그득했다. 게다가 지체높은 귀빈이 배에 타고 있다는 것이 한눈에 느껴지는 풍경이었다. 그런데 무식한 떼거리들이 어디라고 무엄하게 시비를 건다는 말인가.

이방이 먼저 꽥 소리를 질렀다.

"너희는 누구냐!"

"우리는 우리다."

방 두령이 큰 눈을 깍박거리며 신중하게 대답하자, 사람들이 웃기도 하고 어리둥절해하기도 했다. 그 사이 배는 주춤주춤 땅에서 떠나고 있었다.

"어떤 놈들이길래 함부로 지껄이느냐!"

일행은 이방의 소리가 들리지 않았다. 배가 떠나면 말짱 도루묵이 될 처지였기 때문이었다.

일행은 침을 꼴깍 삼키고는 어떻게 해야 좋을지 몰라 서로 얼굴을 바라보았다. 서림도 당황하지 않을 수 없었다. 꺽정에게 큰소리로 자청하고 나선 마당에 일을 성사시키지 못하면 무슨 면목으로 얼굴을 들겠는가.

갑자기 서림의 얼굴이 빈정대는 투로 바뀌더니 간사한 목소리가 흘러나왔다.

"흥! 물 위에 말 뼈다귀가 운수가 좋아 얻어걸린 면지원을 아마 대국의 왕이나 된 듯이 거드름을 피우는구나."

일부러 방 군수의 비위를 긁어놓자 방삼문의 얼굴이 벌개졌다. 분노가 머리끝까지 치솟은 것이다.

"당장 배를 다시 대고 저놈들을 한놈도 빠짐없이 모조리 포박하여라."

방 군수의 엄명으로 배가 이쪽으로 다시 돌아오고 있었다.

"한 놈도 놓쳐서는 안 된다!"

흑석골 패들은 방 군수의 화난 목소리를 그대로 흉내내며 약을 올리기 바빴다.

"한 놈도 놓치지 말랍신다……"

"네이…… 알아 모실까? 말까?"

이윽고 배가 강 언덕에 닿으려는 찰라, 긴 삿대를 가진 키 큰 방 두령이 배 위로 펄쩍 뛰어올랐다.

"빨리들 뛰어."

방 두령이 방 군수 일행을 노려보며 경계를 하는 순간 나머지 십여 명이 한꺼번에 우 하고 배 위로 뛰어올랐다.

방 두령이 삿대로 강 바닥을 향해 큰 힘을 한번 쓰자, 배는 강심을 향해 다시 미끌어져 들어갔다.

"……"

이들의 저돌적인 행동에 방 군수는 조금 전의 호령은 오간데 없이 사라지고 어리둥절할 뿐이었다.

"대체 너희는 웬 놈들이냐?"

"대체 너는 웬 염소수염이냐?"

서림이 봉산 군수의 화를 터뜨리게 하기 위해 다시 맞대꾸를 했다.

"뭣이?"

그 순간, 흑석골 패들은 제각각 보따리 속에서 무기들을 꺼내 들었다.

방 군수는 그 때서야 보통 놈들이 아니라는 것을 알고 새파랗게 질린 얼굴이 되었다. 그러나 위신은 떨어뜨리지 않을 생각으로 고함을 질렀다.

"너희들이 지금 무슨 죄를 저지르고 있는지 아느냐? 관원이 탄 배 위에서 이토록 함부로 행패를 부리다니."

"건방진 놈 같으니라고."

서림 일행의 살기 어린 눈매에 이방을 비롯한 하인들이 모두 부들부들 떨었다.

"저 싸가지 없는 놈부터 묶게! 그 놈이 봉산 군수 놈일세."

방 두령이 다가서자, 방 군수가 허리 옆에 찬 긴 환도를 꺼내 들었다.

나룻배는 비좁았다. 사람이 한쪽으로만 몰려도 기우뚱하는 배였다. 자칫하면 모두 물귀신이 되기에 알맞는 허술한 배였다. 만약 양쪽이 패싸움을 하면 백발백중 배가 뒤집히는 것은 뻔한 일이었다.

서림은 어떻게 해서든 방 군수만 묶어 놓으면 쉽게 승패가 나리라고 생각했다.

"칼을 도로 꽂지 않으면 물 속 원님이 될 줄 알아라."

"요 쥐새끼같은 도적놈들이 아직 칼맛을 모르는 모양이구나."

제법 무술을 닦은 폼으로 배짱을 부리는 방 군수는 한 마디도 지지 않으려고 했다. 오히려 끝장을 보겠다는 듯이 결의를 다지는 눈빛이었다.

군수는 뱃머리에 서 있었고 흑석골 패거리들은 배 꽁무니 쪽에 버티고 있었다. 자칫하다가는 방 군수는 물론이고 흑석골 패거리들까지 물귀신이 될 줄 모르는 일이었다.

이 때 서림이 기 두령에게 눈짓을 보냈다. 순간, 표창하나가 휘익 날았다. 아무도 예상치 못한 일이었다. 그와 거의 때를 같이하여 방 군수의 칼이 배 바닥에 뒹굴었다.

군수가 화들짝 놀라 다시 칼을 집으려고 했다. 이 칼한 자루에 생명과 위신, 체면이 걸려 있는 것이었다. 방군수가 날쌔게 칼을 집어 든 찰라, 또 하나의 표창이 바람을 갈랐다.

"아이쿠!"

이번에 표창이 날아든 곳은 칼이 아니고 봉산 군수의 팔목이었다. 방 군수의 칼은 하늘로 붕 뜨더니 미련없이 강심으로 깊숙히 꽂혀 버리고 말았다. 팔목을 싸쥔 손가락 사이로 붉은 피가 흥건하게 배어나왔다.

방 군수는 마지막 힘을 다해 임진 나루 편을 향해 소리를 질렀다.

"진군은 없느냐! 도적들이다!"

방 군수가 고래고래 소리를 지르며 마지막 발악을 하는데 구척 장신의 방 두령이 달려들었다.

"이놈아, 입닥쳐라!"

눈깜박할 사이에 방 군수의 허리를 조였다. 한 번씩

힘을 줄 때마다 군수의 흰자위가 번뜩번뜩했다. 나중에
는 몸을 부들부들 떨었다.

여러 명의 졸개가 달려들어 방 군수를 단단히 동여맸
다. 방 군수가 묶이자 나머지 이방과 하인들이 사시나무
떨듯 두려워했다. 큰소리치던 이방이 앙상한 손바닥을
싹싹 빌었다.

"사…… 살려만…… 주십시오."

"너희는 물고기 밥이나 되거라."

방 두령이 성큼 다가서자 서림이 말렸다.

"그 자들이 무슨 죄가 있겠소. 빨리 노나 저으시오."

뱃사공이 하얗게 질린 얼굴로 강물 사이를 쏜살같이
갈라 나갔다.

"허어, 참 빠르기도 하네."

꺽정의 웃음 소리가 취의청을 울렸다. 근래에 보기드
문 웃음이었다.

"서림이 이하 네 두령이 신임 봉산 군수 방삼문을 포
박해 대령했습니다."

"서 종사, 수고가 많았구려. 두령들도 고생이 컸소."

꺽정이 손수 서림의 손을 잡고 칭찬했다. 또한 일일이
다른 두령들의 어깨도 두드려 주며 노고를 치하했다.

"형장 제구를 마련하여라."

흑석골 계곡이 우렁우렁해지는 목소리였다. 곧이어 형
장 제구가 큰 마당 앞에 벌어졌다.

중앙에 앉은 임꺽정의 옆으로 양시위가 우뚝 서 있었

고 그 양편으로 여러 두령들이 나열해 기세를 올렸다. 또한 수백 명의 졸개들이 창과 깃발을 들고 행을 맞추고 있었는데 그 모습이 임금 부럽지 않은 장관이었다.

'과연 임꺽정이는 큰 인물이로구나. 내가 범의 꼬리를 밟았던 것이구나.'

방 군수가 고개를 들지 못하고 자신을 탓하고 있었다. 잠시 후, 방 군수의 목에 큰 칼이 채워지고 상투는 풀어 헤쳐져 그야말로 대역죄인의 모습이 되었다.

'기생 수청 한번 들어보지도 못하고 어쩌다가 이 지경이 되었지…… 십년의 공을 쌓아 간신히 원님 자리를 하나 얻었는데…… 전생에 무슨 죄로……'

방 군수가 복잡한 생각에 잠겨있을 때 꺽정의 불벼락을 토하는 큰 소리가 귀청을 때렸다.

"네 이놈, 고개를 들거라!"

"……"

"네 이놈, 머리를 쳐들고 나를 쳐다보아라!"

옆에 있던 시위가 꺽정의 말을 받아 다시 옮겼다. 그제서야 방 군수는 무겁게 고개를 들었다.

"내 얼굴을 똑바로 쳐다보아라."

"……"

"날 몰라 보겠느냐?"

"……"

"입을 열지 못하겠느냐, 이놈!"

"관서 대적 임꺽정 아니오."

"뭐야? 관서 대적? 평서 대원수 임 장군이라고 부르거라."

"……"

"빨리 불러 보아라."

"……"

방 군수는 차마 그 말이 입에서 떨어지지 않았다.

"정신을 차리도록 그 놈을 쳐라."

임꺽정이 벽력같이 소리를 질렀다. 그러나 무관으로 군수가 된 방삼문이도 담력은 있었다. 굵게 한 마디 내뱉고는 입을 꾹 다물어 버렸다.

"날 빨리 죽여 없애라."

"그러면 내가 물어 볼 말이 있다. 네가 군수로 부임하기 전에 한양에서 교리인가 뭔가 하는 친구놈의 집에서 뭐라고 호언장담했느냐?"

그제서야 방 군수도 확실히 짚이는 것이 있었다. 어떻게 그 말이 꺽정의 귀에까지 들어가게 되었는지 알 수 없었다. 방 군수는 무조건 잡아떼기로 마음먹었다.

"난 그것이 무슨 소리인지 모르겠소."

"원, 저런 날강도같은 놈을 봤나. 뻔한 것을 속이려 들다니."

"그런 소리 한 적 없소."

"임꺽정이를 내 손으로 잡아 바치지 못하면 방가 성을 갈겠다고 했겠다! 어디 한 번 잡아 넣어봐라."

"난 일 없소이다."

"뭐야? 그 놈을 매우 쳐라."

방 군수의 볼기로 곤장이 날아들었다. 살을 후벼 파는

고통이었다. 곤장의 수가 더해가면서 살이 터지고 피가 솟아올랐다. 꺽정이 손을 들어 제지를 했다.

"너의 죄가 그뿐인 줄 아느냐. 백정의 자식이라고 수없이 뇌까린 것은 무슨 까닭이냐? 내가 네 애비를 잡아 포를 떴느냐? 이놈아!"

"……"

방 군수는 고개를 숙이고 아무런 말이 없었다.

"왜 말이 없느냐?"

"……"

"백정의 자식이 묻겠다! 무슨 억하심정이었는지 말해 보아라."

"……"

꺽정이 고개를 돌렸다. 그 곳에는 혀를 날름거리는 불 위에 쇠꼬챙이가 시뻘겋게 달아오르고 있었다. 방 군수도 그 광경을 보고 퍼뜩 소름이 끼쳤다.

'단근질을 할 모양이군. 내 목숨은 하늘에 달려 있어…… 이제 죽기 아니면 까무러치기지.'

눈을 질끈 감은 방 군수가 버럭 소리를 질렀다.

"죽일려면 빨리 죽여라! 더 이상 구차해지기 싫다."

여러 두령들과 졸개들의 눈이 동그래졌다. 마지막 발악치고는 꽤나 남자다웠기 때문이었다.

'아무리 날 죽인다고 날뛰던 놈이지만 장부다운 기상은 남아 있는 놈이군.'

꺽정의 생각이었다. 마지막 명이 떨어졌다.

"단근질로 놈을 태워 죽여라."

불보다 더 뜨거운 걱정의 분노에 찬 목소리였다. 서너 명의 손에 들린 시뻘건 단근이 방 군수의 걸레같은 옷 위로 근접하고 있었다.

방 군수는 눈을 질끈 감고 으스러져라 이를 악물었다. 그 때였다.

"잠깐 멈추어라."

걱정의 소리가 떨어지자, 모두들 의아한 눈으로 걱정을 쳐다보았다. 방 군수 또한 놀란 얼굴이었다.

"그 분을 풀어 드리고 이리로 모셔 오너라."

이건 또 무슨 소리인가! 그야말로 모두들 귀를 의심할 수 밖에 없었다. 언제는 자신을 욕보였다고 길길이 날뛰더니 이제는 정중한 예를 갖추니 그게 무엇이란 말인가.

걱정의 행동을 졸개들은 이해할 수가 없었다. 그러나 걱정은 그런 것에는 아랑곳하지 않고 취의청으로 올라온 방 군수의 손을 덥석 쥐었다.

"너무 놀라게 해서 미안하외다."

"무슨 영문인지…… 잘 모르겠소."

죽음의 직전까지 갔다 온 방 군수는 간곡히 손을 잡고 인사했다.

"진심이니 걱정 마시오."

"사내로 태어나서 싸우면 적이요, 사귀면 친구지만 우리는 명분이 다르니 좀 이상하긴 하오이다."

"명분은 비록 다르지만 우리는 결국 사람이 아니오. 사람인 이상 우리는 언제든지 합할 수 있는 것이오. 내 개인적인 감정은 잊은지 오래요. 자, 술이나 마시고 풀어

버립시다.”

“……”

“곧 봉산으로 부임하시오. 이제 우리는 봉산 고을과 싸우지 않을 것이오. 우리의 큰 적은 따로 있지요.”

알 것도 같고 모를 것도 같은 꺽정의 말이었다.

방 군수는 어리둥절했지만 꺽정의 위세와 배짱은 대단하다고 생각했다. 방 군수가 떠날 때 꺽정이 손수 배웅까지 나오자 방 군수는 고개를 숙이고 정중하게 인사를 했다.

“과분한 처사를 받고 갑니다.”

방 군수는 꺽정의 처사를 진심으로 고맙게 여겼다.

흑석골은 한동안 아무 일도 없었다. 그저 답답하고 무료한 그런 날들이 지나가고 있었다. 아무 이유 없이 실종 되었다가 다시 돌아간 봉산 군수에 대한 소문도 없었다. 흑석골 패들은 그저 흑석골에서 신선노름이나 하고 있어야 했다.

사내들은 안식구들이 없어 불편했지만 또 그런대로 살 만하다는 축도 있었다. 나이 삼십이 안 된 젊은 사람들이 한 달도 아니고 두세 달씩 부인과 떨어져 있었으니 거북하고 불편할 수밖에.

남자들은 자신의 뿌리에 녹이 쓸 것을 걱정하기도 했고 또 어떤 이는 와신상담 이번 기회에 참고 견뎌 정력을 저축해 놓아야 칠십이 넘어서도 즐길 수 있다고 자위하기도 했다.

사람이란 아무 일도 없이 너무 한가하면 오히려 무슨 일이 생기기를 기대하게 된다.

걱정도 더 이상은 좀이 쑤셔서 못 견딜 지경이었다. 어느날 서림이를 불러 무슨 사건이라도 생기기를 고대하는 심정으로 물었다. 그만큼 흑석골은 태평세월을 보내고 있었다.

"뭐, 별일 좀 없겠소?"

"일이야 만들면 있지만, 없는 일을 일부러 만들 필요까지 있겠습니까?"

"이러다가 배부른 돼지가 될 것 같소."

"그렇다면 기상천외한 큰일 하나 만들어 보겠습니다."

서림이가 눈을 아래로 지그시 감고 깊은 생각에 잠겼다. 조그만 눈이 감실감실 움직이더니 갑자기 무릎을 탁 쳤다.

"무슨 좋은 일을 꾸몄소?"

"기가 막힌 일입니다."

걱정은 서림의 재주를 알고 있었다. 그런 서림이가 이리 흥분하는 모양이 대단한 일을 꾸몄다는 것을 단번에 알 수있었다.

"양반 친척 노름입니다."

"그거 희한한 말이군요"

"전에 있던 황해 감사가 쫓겨난 것이 작년 가을이었지요?"

"그렇지, 선산이 곡산에 있었던 탓에 우리를 어쩌지 못해 나라에서 파면시켰다고 했지."

"그 뒤에 황해 감사로 부임한 자가 바로 지금의 조인 원이란 자입니다."

"그래서?"

"조 감사의 사촌에 제가 아는 사람이 한둘 있고 또 그 자의 처쪽으로도 제가 많이 알고 있습지요."

"음…… 조 감사의 친척 노릇을 하면 그 자에게 금방 탄로날 것이 아닌가?"

"맞는 말씀입니다. 그래서 조 감사가 줄 좀 어떻게 닿아 보려고 전전긍긍하는 신임 이조 판서 이삼경의 친척이라고 해야 됩지요."

"좋은 생각이오! 그런데 이조 판서의 집안 사정을 짐작은 하고 있소?"

"짐작뿐입니까. 손바닥에 손금 보듯 하고 있지요."

서림이 꺽정의 귀에 대고 뭐라고 소곤거렸다. 그러자 꺽정의 입이 함지박만하게 벌어지면서 즐거워했다.

"서 종사야 말로 우리 도중의 제갈공명이오."

고위직을 사칭하는 사내들

　선화당 넓은 뜰을 백발이 귀밑에 성성한 육십객이 거닐고 있었다. 끌리는 발걸음이 심각한 궁리를 하고 있는 듯이 보였다.

　"이조 판서 이 대감에게 꼭 호피 한 장을 받쳐야만 되겠는데……"

　육십객의 눈빛은 아직 야망이 살아 있었다.

　"내가 잘 되어야 나라도 흥하는 법이지…… 내 운은 오로지 이조 판서에게 달려 있으니 그 노인을 어떻게 구슬려야 하나……"

　궁리에 골몰하던 사내가 결심을 한 듯 이방 비장을 불러오게 했다.

　"부르셨습니까요. 감사 어른."

"이판 대감께서 호피를 구하시는데 혹시 우리 관내에서 구할 도리가 없겠느냐?"

"그거야 사냥을 해얍죠."

"다른 방법은 없느냐?"

"각 고을에 으름장을 놓으면 곧 될 수 있을 것입니다요."

"겨울이 다 가기 전에 호랑이 껍질을 볼 수 있도록 힘써라."

어느 고을이든지 날만 어두워지면 호랑이가 꾀어 들었지만 막상 호랑이를 금방 잡아 껍질을 벗긴다는 것이 그렇게 쉽지 않은 노릇이었다.

"사또 말씀대로 거행하겠습니다요."

조 감사는 이방 비장이 자신있게 대답하는 것을 보고 한시름을 놓았다. 그러나 그것만으로는 약발이 부족할 것만 같았다. 미인까지 구해 바치는 길이 제일 빠르고 효과가 있을 것이라고 생각했다. 이전에도 미인이 많다는 평양이나 강계 쪽으로 구해보았으나 신통한 계집이 걸려들지 않았다.

이 삼일이 지난 뒤였다. 한양 이조 판서 댁에서 또다시 은밀하게 편지를 전해 왔다. 호피를 구했거든 하루 빨리 보내줬으면 한다는 편지였다.

조 감사는 안절부절 못했다.

'이조 판서 대감에게 잘 보여야 하는데…… 이번 기회에 아주 한 식구처럼 친해져야 내 앞이 열리는데.'

머릿속에는 온통 뇌물과 아부의 방법으로 그득 차 있

었다.

그러던 어느 날 수통인이 감사 앞에 무릎을 꿇고 앉아 아뢰었다.

"이판 대감의 종제 되시는 이 도사 나으리와 이판 대감의 외척 되시는 김 참봉 나으리가 평양 구경을 가시는 길에 이 곳으로 숙소를 정하셨다고 합니다. 그 어른들이 밤에 틈 봐서 사또를 뵙겠다고 하신답니다. 어떻게 할깝쇼?"

"그게 정말이냐? 이판 대감의 친척분들이……"

"그렇사옵니다."

조 감사는 가슴이 벌렁거렸다. 제발로 기회가 찾아와 주니 고마운 노릇이었다.

'굴러 들어온 떡이다. 그들을 잘 요리한다면……'

감사그런 생각으로 이방 비장을 불러 명을 내렸다.

"비장이 친히 가서 말씀을 올려라. 먼길 오시느라 수고하셨으니 저녁 식사 후에 나가 뵙겠다고 말이다."

이방 비장이 하인을 따라서 이판 댁 친척이 들었다는 사처방으로 들어가 문안 인사를 하고는 감사의 말을 전했다.

그러자 그 나그네들은 이방 비장을 특별히 으슥한 곳으로 불러 소곤거렸다.

감사는 비장을 보내놓고 조급함을 감추지 못하다가 돌아오는 비장을 보고 희색이 돌았다.

"그래, 이판 댁 친척이 분명하더냐?"

"분명하고말고요. 한 분은 이판 대감의 종제 되시는

분이고 또 한 분은 바로 이판 대감의 외당숙 되시는 분이었습니다."

감사의 입이 벌어졌다. 흰 수염을 지그시 어루만지면서 꿈에 부풀고 있었다.

'그러면 그렇지, 앞으로 나의 관운이 활짝 트일 날이 멀지 않았구나.'

감사가 이런 궁리를 하고 있을 때 아나나 다를까 이방 비장이 불쑥 한 마디 꺼냈다.

"이번에 그 분들을 잘 대접해 보내기만 하면, 그 놀라운 보람이 호피 백 장은 우스울 것 같았습니다요."

그 말에 더욱 용기를 얻은 조 감사의 흰 머리가 저절로 끄덕여졌다.

"저녁 잡수시기 전에 다담상 떡 벌어지게 차려 내가도록 하여라."

감사는 그러고도 무엇이 미진한지 고개를 갸웃거렸다.

"그리고 내가 뵈올 무렵에는 푸짐하게 주안상 내오는 것 잊지 말고……"

"분부하시는 대로 진수성찬으로 마련하겠습니다요."

이판 댁 친척이라는 사람들이 묵고 있는 방으로 상들이 드나들었다. 상 위에 놓인 음식이 하나같이 산해진미였고 용미봉탕이었다.

만족스럽게 식사를 마치고 얼마 지나지 않아 통인들이 정갈하게 차린 주안상을 들여왔다. 감사가 왔다고 통인이 먼저 아뢰자 두 사람은 급히 의관을 정제하고 감사를 맞았다. 그 때는 황혼이 지고 있는 어둑어둑한 때라 서로간의 얼굴이 드러나지 않았다.

방문 앞에서 서로 선후를 권하면서 들어오는데 이판의 종제가 맨 앞에 서고 감사가 그 뒤를 따랐다. 그리고 이판의 외당숙이 따라들어왔다.

이판의 종제 이택은 서른아홉의 나이였고 외당숙인 김선은 서른여덟이었다. 감사의 나이가 좀 많았지만 워낙 활달한 사람이라 수인사를 하고 앉았다.

감사가 방을 휘 둘러보고는 말했다.

"방이 너무 비좁습니다그려. 내 처소로 가서 밤새도록 술이나 하십시다."

"뭐, 하룻밤쯤 좁으면 어떻습니까."

"말씀은 고맙습니다만 고생하려고 나선 구경길이니 이정도야 문제 될 게 없지요."

두 사람이 겸손하게 사양하자, 감사는 두 사람을 신뢰하는 마음이 한층 더해졌다. 그러나 자칫 천재일우를 놓칠 염려가 있어, 두 사람을 극진하게 대접해야 했다. 조감사는 다시 제의를 했다.

"이왕이면 넓직한 곳으로 옮겨 편히들 쉬셔야지요."

"허허허…… 우리야 절에 간 색시지요."

이택이 농담을 하자 김선도 따라 웃으며 한마디 거들었다.

"중 하라는 대로 해야 한다면서……"

하하하!

막역한 사이처럼 세 사람이 웃어제꼈다.

선화당 넓은 곳으로 자리를 옮긴 다음 감사가 조심스

럽게 입을 열었다.

"평양 구경들을 가시는 중이라고 들었습니다."

"그렇습니다."

"천하를 도는 것이 좋긴 좋은 일이지만, 우리같은 벼슬아치야 어디 편안할 수가 있어야지요."

"원하신다면 우리 함께 평양 구경을 합시다그려."

"나야 어디 이 직책이 만만해야지요. 하루도 편안할 날이 없습니다."

"백성을 다스리는 일이니 그럴테지요."

"그래, 평양엔 누구 아는 분이라도 있어 가십니까?"

"요전 달에 벼슬이 올라간 평안 감사가 저의 종형 이판 댁에 들러서 놀러 오라고 하도 들볶아대기에 이번에 마음먹고 떠난 길입니다. 그런데 빌써 구경이 시들시들 해져가는 것 같소."

"그건 왜요?"

"객지에 나서니까 집안에 있을 때와 영 딴판입디다. 고생이 이렇게 심할 줄은 몰랐습니다."

"그러실테지요. 고생을 전혀 모르고 지내셨을 터이니…… 별것 있습니까? 저만 보아도 고생을 낙으로 알고 살고 있지요. 허허허……"

"그러시군요."

"우리 한잔 듭시다. 객지 고생이 봄눈 녹 듯할 겁니다."

"좋습니다. 조 대감님도 일취월장할 겁니다."

조 감사는 그 말이 의미심장하게 들려 왔다. 하루라도

빨리 벼슬이 올라 권세다운 권세를 누리고 싶었다. 그러나 두 사람 앞에서 꺼내놓고 말 할 수는 없는 일이었다.

"이게 바로 일등 감홍주입니다."

"어쩐지 향기가 대단하더니……"

두 사람은 조 감사의 성의를 흔쾌히 받아들였다. 그리고 정성을 보일 때마다 목록에 적기라도 하는 듯 칭찬을 잊지 않았다.

"한양서는 세자빈 간택 때문에 시끄러웠다지요?"

두 사람이 정통한 소식을 알고 있다고 단정한 사람처럼 감사가 물었다.

"뭐, 서원 부원군 때문에 말썽이 좀 있었을 뿐이지요."

"윤 정승 말씀입니다."

"웬 말썽이었지요?"

"제 욕심만 채우려다 그랬지요."

"그건 금시 초문입니다만……"

"윤 정승이 자기 딸의 시누이집의 색시를 간택하려고 억지 쓰다가 그만 소문이 퍼졌지요."

"소문이라니요?"

"색시의 사주를 거짓말했다구요."

"허, 그것 참……"

"그래서 예조 판서가 임금께 철퇴를 맞았지요."

"그건 또 무슨 말이오?"

"간택을 태만히 했다는 이유 말고 무엇이 있겠습니까."

"그랬군요."

"요즘은 조용합니다."

"우리 한양 소식보다 술이나 더 듭시다. 아예 파탈을 합시다."

편하게 마시자는 감사의 제안에 두 사람은 얼씨구나하고 의관을 끌렀다.

"우리가 아무리 근엄하다지만 술자리에 기생이 없으면 어디 술맛이 나나요?"

"아이구, 이거 미안하게 됐습니다그려."

이택이 감사에게 눈치를 던지자, 감사가 무척이나 미안해했다.

"점잖은 자리에 기생을 대동할 수 없어서 그랬습니다. 또 피곤도 심하실 것 같고 해서……"

"저도 대감이 이해하실 것 같아 농담해 본 것입니다."

"아이고, 아닙니다. 농담이라니요…… 이리 오너라."

조 감사가 통인을 불러 낱낱이 명을 내렸다.

"기생 세 명만 대령시켜라. 섬옥이, 화심이, 심월이를 불러 오너라."

조 감사의 입에서 무리없이 튀어나온 세 명의 기생은 최고의 일등 기녀들이었다. 시와 노래, 춤 못하는 것이 없었다.

한참 후에 기생 세 명이 사뿐한 발걸음으로 들어오는데 하나같이 대리석을 깎아 놓은 것처럼 아름다웠다. 그뿐아니라 몸 움직임 하나까지 예사롭지 않은 기생들이었다.

"기생들이 모두 양반 기생들이구려."

"얘들이 해주 감영의 일등 명기들이오. 내게 수청들었

던 애들이오만 허물이 있겠소, 뭐······”

감사의 말에 섬옥이가 대뜸 말을 받았다.

“제가 언제 사또의 수청을 들었다고 그러세요. 저는 아직 낭군이 없어요.”

반달같은 눈매를 살짝 흘겼다. 이택이 넌지시 미소를 띠우는 것을 본 감사가 금세 명을 내렸다.

“너는 이 진사님을 낭군으로 모시거라.”

섬옥이가 이택의 옆에 바짝 붙어 앉았다. 이것을 본 김 생원이 일찌감찌 화심을 쳐다보고는 눈도장을 찍었다.

눈치빠른 감사가 그 마음을 모를 리 없었다.

“화심이는 김 생원님을 모시어라.”

화심이 종종걸음으로 김 생원 옆에 냉큼 앉자, 혼자 남은 심월이가 조 감사의 팔을 끼고는 애교를 떨었다.

“오늘에야 사또 수청이 제게 돌아오네요.”

“사또가 제일이 아니다. 오늘의 주빈은 이 진사와 김 생원이시다.”

감사가 두 사람을 치켜 세우는 바람에 섬옥이와 화심이가 까르르 웃음을 터뜨렸다. 그래도 심월이는 사또의 비위를 맞추느라 아양을 떨었다.

“강산이 열번 변해도 난 사또가 좋아.”

“오늘 너희들은 고기가 물을 만난 셈이니 마음껏 헤집어 보거라.”

평소보다 기분이 좋은 사또를 보고는, 기생들도 특별한 손님인 것을 예감했다. 귀빈을 모시는 기생들의 정성이 방안을 진동시켰다.

"자, 우리 계집들 손에 술 한잔 나누어 봅시다."

섬옥이의 하얀 손이 이 진사의 술잔을 채웠다. 화심이도 뒤질세라 안주를 집어 김 생원의 입으로 가져갔다. 이 진사와 김 생원은 실없는 웃음이 그치지 않았다.

계집들이 따른 술이 몇 잔 돌아가자, 이번에는 시조 한수씩을 부르게 되었다.

먼저 감사와 수청 기생인 심월이가 낭랑한 음성으로 시조를 뽑았다. 그 다음에 섬옥이의 갸날픈 목소리가 끊길 듯 고음으로 흘러 나왔다.

청산리 벽계수야 수이감을 자랑마라
일도 청해하면 다시 오지 못하느니
명월이 만공산하니 쉬어간들 어떠리

섬옥이의 간드러진 목소리는 사내들의 가슴을 울렁이게 했다. 섬옥이가 이 진사를 빤히 쳐다보았다.

그것을 본 이진사가 섬옥의 노래에 화답하지 않을 수 없었다.

옥같은 한 궁녀도 오지에 진토되고
헤어화 양귀비도 역토에 묻혔나니
각씨네 일시화용으로 아껴 무삼하리오

이진사가 시조를 다 읊고는 섬옥이를 보고 미소를 띠

웠다.

"실없는 탕남, 실없는 탕녀로구려."

앞에 앉은 감사가 비꼬듯 말했지만, 그 속에는 아첨하는 애교가 배어 있었다.

"탕남탕녀를 알아보는 사또야말로 지독한 탕남탕녀 같소이다."

"이 진사는 말솜씨도 대단한 능변이시구려."

맞받아 대꾸하는 이진사에게 술기가 도는 조 감사가 또 한번 아첨을 했다.

처음에는 사람이 술을 불렀으나 이제는 술이 사람을 불렀다. 조 감사가 취기를 풍기며 수염을 쓰다듬었다.

"어 취하는군. 한창 때에는 한말 술도 너끈했는데 이제는 나이살이나 먹었다고 뒷술도 겨우 치우는 꼴이니…… 내 인생도 거의 다 되가는 듯싶소."

"제가 보기에는 아직 청춘이신데 무슨 그런 쌍스러운 말씀을 하십니까."

눈치 빠른 김 생원이 사또를 위로했다.

"아직은 괜찮소만은 앞 날이 어떨지요. 이판 대감께서 잘 봐주셔야겠는데…… 늙은 게 운수마저 좋지 않으니……"

조 감사는 김 생원의 위로를 기회로 노골적으로 청탁을 드러내며 비굴하게 아첨했다.

"그런 말씀하지 마시오. 아직도 멀었으니 걱정은 붙들어 매놓는 게 좋겠소."

이조 판서의 친척들은 조금도 싫지 않은 표정으로, 은

근한 암시같은 말까지 풍겼다.

"그렇게 생각해 주시니 감사할 따름입니다. 밤도 늦었
는데 피곤들 하시지 않으면……"

감사가 불그레해진 얼굴로 두 사람을 바라보았다. 계
집맛을 보겠느냐는 뜻이었다. 두 사람은 열 명도 좋다는
듯이 그저 허허거리며 즐거워했다.

감사는 섬옥이와 화심이의 귀에다 대고 무슨 말인지
소곤거렸다. 계집들은 눈꼬리가 요염해지면서 까르르 웃
음을 지었다.

"아직도 피곤은 못느끼지만 사또께서는 어떨는지요."

"나야 아직…… 늙을수록 잠이 없어 걱정입니다."

"저희들도 괜찮습니다. 술이나 한잔 더하지요."

섬옥이가 술잔을 비우고 이 진사에게 권하는데 그 눈
빛은 이미 사내를 집어 삼키고 있었다.

밤은 깊어가고 짝이 된 남녀의 음탕한 눈빛만이 서로
몸을 훑고 빨고 간지럽혔다.

이경이나 되어서야 감사는 농익은 분위기를 느꼈는지
자리를 털고 일어났다.

"이거 너무 늦어서 안됐구만…… 애들아, 애쓴 공은
후에 크게 상금을 주마."

사또가 기생들을 보면서 다시 한번 다짐을 주고는 두
사람에게 간사한 웃음을 지었다.

"그럼, 두 분 오늘 밤 마음껏 풍류를 즐기시고 회포를
푸십시오."

"아이 좋아라. 낭군님들 모시고…… 또 상금까지 주신

다니 이게 웬 복이야."

감사가 정중하게 인사를 하고 방문을 나서면서 통인에게 일렀다.

"선화당 별당 객실로 두 분을 모시어라."

꽃밭의 구멍놀이

　　김 생원과 이 진사는 요사스럽게 꾸며진 넓은 방으로 안내되었다. 방은 아래 윗칸으로 나눠졌는데 가운데 장지가 있어 거의 한 칸과 다름없었다.

　　섬옥이 이 진사를 안내하고 분위기를 돋구는데 여간 능수능란한 게 아니었다.

　　방안으로 들어서니 또다시 아담한 술상이 놓여 있는데 감사의 치밀한 마음씨가 엿보여서 피어오르는 웃음을 참을 수 없었다.

　　섬옥이 이 진사를 앉히고는 무릎 위로 사뿐하게 올라가 앉았다. 목을 휘감은 손이 이 진사의 귓볼을 간지럽혔다.

　　"허허허…… 요것이 야밤이라고 귀여움을 떠는구나."

"술을 드리리까…… 사랑을 채워드릴까……"

나긋나긋한 목소리가 이 진사의 몸에 척척 달라붙는 것 같았다. 마치 낙지발이 몸을 휘감는 듯한 농염한 교태였다.

"둘 다 겸해서 먹을 수는 없느냐?"

"아이, 나으리는 욕심도 많으셔……"

"너를 먹을 욕심이 클수록 좋은 것은 너말고 누가 있느냐."

"호호호…… 한 입에 넣지 마시고 조금씩 음미해 보는 것이 맛을 즐기는 방법이지요."

"하하하…… 되새김질해서 먹고 또 먹고 할 것이다."

남녀가 음탕하게 웃어제끼자 아랫방에서 김 생원의 장난끼 많은 목소리가 들려 왔다.

"꽃밭에서 구멍놀이를 하실 때 소리가 들리지 않도록 당부합니다."

"내가 당부할 말이었소."

서로 대꾸를 하자 아래 윗칸의 사내와 계집들이 모두 한꺼번에 웃음을 터뜨렸다. 늘 적막하던 선화당 객실에 오랫만에 생기가 돌았다.

어느덧 아랫방에서는 김 생원이 촛불을 불어 끄는 소리가 들렸다.

"벌써부터 무얼 하려고 그러시오."

"이조 판서 덕택으로 누리는 복이니 할 수 있습니까…… 으흐흐흐."

"하하하…… 훌륭한 말씀이외다."

윗방의 이 진사가 아랫방을 칭찬했다. 윗방에서는 아직 술판이 벌어졌는데 아랫방에서는 옷을 벗고 있는지 사각이는 소리와 간간히 여자의 애교넘치는 목소리가 들려 올 뿐이었다.

"저게 무슨 소린가요?"

"내가 아나?"

"호호호."

"왜 웃나?"

"너무 좋아서 웃어요. ……나도 곧 저렇게 낭군과 잘 수 있을 것 같아서요."

섬옥이 빙긋이 웃자 붉은 입술 사이로 하얀 치아가 앙증맞게 드러났다. 이 진사가 계집의 두 볼을 싸쥐고 입술을 쪽 맞추니 섬옥이 까르르 웃음을 지었다.

"웃기는…… 입술에 쥐가 났느냐?"

"아이, 아랫방에서 이상한 소리가 자꾸 들리잖아요."

이 진사도 아랫방 쪽에 귀를 기울였다. 야밤의 고요함 때문인지 남녀의 끙끙거리는 소리가 바로 옆에서 듣는 것같이 환히 들렸다.

"엉덩이를…… 좀 들어……"

"간지러워…… 호오……"

"놀라운 가슴이로고. 하아……참으로 아깝구나……"

"나으리…… 어디서 배워…… 나으리……"

윗방의 두 사람은 서로의 입을 가리고 눈웃음을 쳤다. 아랫방에서는 주위를 무시하고 서로를 탐하기에 바빴다. 가쁜 호흡 사이로 간간히 진창에 빠져 질척이는 물발자국 소리가 들려 왔다.

이진사는 청순해 보이던 화심이의 어디에서 그리 많은 물이 흘러 나오는지 알 수 없었다. 여자란 겉으로는 알 수 없는 일이라는 생각까지 들었다.

"나으리도 저렇게 크게 소리를 내실 수 있으세요?"

"나 말이냐? 마른 땅에 폭포가 쏟아지는 소리로 귀가 멀지."

섬옥이가 입을 막고 허리를 굽신거리며 웃음을 참았다. 오르락내리락하는 엉덩이가 도드라져 보였다. 꽤나 탄력있어 보이는 둔부였다.

"흠, 좋은 언덕이로군……"

"뭐가요?"

"언덕도 좋지만 그 아래에 풀들도 무성할 거라고 말했다."

"호호호…… 제가 모를 줄 알고요?"

"뭐가?"

"엉큼하시긴……"

"네 몸뚱이 만큼이나 영리한 계집이구나."

"술 좀 그만 잡수시고 저 소리 좀 들어보세요."

이 진사는 소곤거리던 얘기를 멈추고 아랫방으로 귀를 기울였다. 아랫방에서는 철썩이는 소리도 들리고 무엇에 부딪치는 소리도 들렸다. 쌍소리인지 신음인지 모를 격한 단발마도 흘러 나왔다.

이 진사와 섬옥이는 서로 마주보고 놀란 얼굴이 되었다.

"저것이 무슨 소리냐?"

"싸움이 일어났나요? 아니면 도적이 쳐들어와서 재갈을 물리고 있던지……"

"쉿…… 조용히 해라."

두 사람은 다시 바짝 다가서서 귀를 갖다 대었다.

"으흐흐흐……"

여인의 울음 소리 같았다. 섬옥이가 깜짝 놀라 문구멍을 뚫으려고 하자 이 진사가 손을 들어 막았다. 그 소리는 다시 이어졌다.

"으으흥…… 서바앙…… 니임…… 여보……"

그것을 듣던 이 진사가 빙그레 웃음을 띄웠다. 섬옥이는 자신의 귀를 의심했다.

"서방님…… 절 죽여…… 아하……"

격한 숨소리와 흥분이 목에까지 찬 남녀의 소리가 뒤엉켜 들려오고 있었다. 잠시 후 두 사람의 울음 소리 같은 괴성이 터져 나오고 잠잠해졌다.

"그러면 그렇지……"

"울음 소리같은데요?"

"음…… 기쁨의 절정이 눈물인 것을 모르느냐? 아직 제대로 임자를 못 만났나 보구나."

"아랫방 사람들 대단하네요?"

"김 생원도 불이 붙었다 하면 희한한 기술을 다 부리지."

"희안한 기술이라니요?"

"두 팔다리와 입구멍만으로도 백 가지는 넘겠구나. 어

디 그뿐이냐, 별의별 희한한 것이……"

"정말인가요? 까무러치면 어쩌죠?"

"오늘 밤에 한번 보여주랴? 눈에서는 홍수가 나고, 입에서는 자욱한 게거품을 물도록……"

"나으리의 말을 들으니…… 저는 아직 임자를 못 만났나보아요."

얼굴이 벌겋게 달아오른 섬옥이가 치마를 여몄다. 이진사는 게슴츠레해진 섬옥이를 보고 생각했다.

'눈만 봐도 보통 밝히지 않는 계집이야…… 색골에게는 특별한 냄새가 나거든…… 흐흐흐.'

꺽정은 술을 그득 따라 마시고 섬옥이의 엉덩이를 귀엽다는 듯이 툭툭 쳤다.

"서방이 몇이나 되었누?"

"황해 감사만 다섯 명을 섬겼어요."

"다섯 명이나……기생 된 지 몇 해나 되었지?"

"꼭 십 년이에요."

"그러면 이 년에 한 명 꼴인데…… 오는 사또마다 겪었겠구나."

"그럼, 수청을 들라는데 어떻게 해요."

"사내들이란 미인을 가만히 나두지 못하는 법이지. 그래도 죽음을 걸고 수청만은 거절해보지 그랬느냐."

"무슨 정절을 바칠 낭군이 있다구요."

"낭군만 있었으면 그랬겠니?"

"아무렴요. 노래와 춤은 하여도 치마는 벌리지 않았겠지요."

"원래 선하고 똑똑한 여자가 팔자가 드센 법이다."

꺽정이 섬옥이를 다독이는데 아랫방에 김 생원이 소리쳤다.

"여지껏 술이시오?"

"계집은 죽지 않았소?"

"한 번만 더 했더라면 그리 되었을 줄도 모르지요."

"하하하…… 귀청이 떨어지는 줄 알았소."

"허허허…… 내일 묵고 갈 거요? 떠날 거요?"

"떠나야지요."

"그게 피차간에 좋을 일이지요. 그럼 먼저 잘라우."

이 진사도 섬옥이를 옆에 끼고 누웠다. 섬옥이 이 진사의 윗옷을 벗기고 가슴팍에 얼굴을 묻었다.

"참, 장부다우신 기상이세요."

"무얼 보고 그런 소리를 하느냐?"

"하도 남자를 많이 겪어서 이제는 척보면 알지요. 덩치만 장부인 사람, 배짱만 장부인 사람, 이것도 저것도 없이…… 호호호."

"갑자기 왜 웃느냐? 이것도 저것도 없다니……"

"맨 불알 두 쪽으로…… 호호호…… 사내라고 하는 치도 있지요. 두 가지를 다 갖춘 사람은 보기 드물지요."

"……"

"나으리는 풍류도 아시지만 정말 탐날 만큼 훌륭한 몸뚱이를 가지셨어요."

"나는 내 것보다 네 몸뚱이가 훨씬 좋구나."

이 진사가 섬옥이를 꼭 껴안았다. 두 사람은 옆으로

누웠다.

이 진사가 섬옥의 엉덩이를 슬슬 어루만졌다. 양쪽 골이 꽤나 깊은 게 무척이나 포동포동한 둔부였다.

섬옥이도 어느새 이 진사의 엉덩이에 손을 집어 넣었다.

"저도 나으리 하시는 대로 따라 할래요."

"그래? 흉내내기를 하고 싶다는 말이지."

"그런데 나으리의 엉덩이는 황소의 그것보다 큰 것 같아요."

"암, 그것이 튼튼해야 힘이 나오는 법이다."

"어머나, 그럼 저도 지지 않겠는걸요?"

이 진사가 골 사이를 살살 간지럽히자 섬옥이의 섬세한 손도 따라 움직였다. 두 사람은 두 다리에 힘이 부쩍 들어가는 것을 느꼈다.

얼마 지나지 않아 이 진사가 간지러워 못견디겠다는 얼굴로 허리 위의 압점으로 손을 옮겼다.

"여기가 발동심을 일으키는 곳이다."

"간지러워요…… 저도 한번 발동심을 일으켜 볼까요."

섬옥은 보드라운 손을 꺽정의 허리 아래로 불쑥 집어 넣었다.

"여자라고 다 같은 손이 아니어요. 기다려 보세요."

머리맡으로 손을 올려 언제 준비했는지 통안으로 손을 집어 넣었다. 돼지기름인지 뭔지 번들번들해진 손으로 다시 이 진사의 뿌리에 손을 댔다.

이진사가 깜짝 놀랐다.

"이것이 무엇이냐? 미끌미끌한 것이 여자의 속살 속에 들어가 있는 것 같구나."

섬옥은 아무 말 없이 이 진사의 표정을 살피며 매끄러운 손을 계속 움직였다.

"희한한 기술은 너가 한 수 위인가 보다."

"발동심 내기는 제가 이겼죠? 어머나, 어머나…… 아무리 그래도 이렇게까지……"

섬옥은 점점 살아오르는 이 진사의 뿌리에 놀란 것이다. 뻣뻣이 하늘로 향한 이 진사의 뿌리는 참으로 거대하고 놀라왔다.

"이걸 잡고 휘두르면 도적 몇은 충분히 때려 잡겠는걸요."

"못하는 소리가 없구나."

"어머나, 이것이 제 가슴까지 올라오다니…… 나으리 저를 용서하세요."

"무엇을?"

"도저히 못할 것 같아요. 사람잡겠어요."

섬옥이는 정말 겁에 질린 표정을 하고 이불 밖으로 엉금엉금 기어나갔다. 그러자 꺽정이도 엉금엉금 기더니 섬옥이의 볼기를 딱! 소리가 나게 쳤다.

"이것아 여자의 옥문이란 하늘이 내린 것이라는 것을 모르느냐? 저 혼자서 들쭉날쭉 못 잡아 먹을 물건이 없느니라."

"호호호…… 그것을 어찌 아셨죠?"

"요것이 사람을 놀렸구나…… 내 증명을 해보이마."

말 그대로 이 진사의 뿌리가 순식간에 빨려 들어갔다.

"어마마······"

기어가던 섬옥이가 옴짝달싹을 못하고 그 자리에서 납작 엎드렸다. 이 진사가 볼기를 다시 한번 내리치니 섬옥이의 하얀 궁둥이가 나비처럼 날기 시작했다.

"흐흠······ 훌륭한 백마로다."

"제가 오늘······ 임자를······"

두 사람은 땀방울을 뚝뚝 흘려가며 갖은 재주와 농담으로 밤을 새웠다.

여러 차례의 폭풍이 지나가고 나서야 불그레해진 섬옥이 물수건으로 이 진사의 얼굴을 닦아 주었다.

"그래, 지금의 사또가 여색을 그리 밝힌다면서?"

"······"

"내게 몸까지 주었으니 아무 걱정 말고 말해보아라."

"그럼 말씀 드리지요. 어지간한 호색가가 아니어요. 하루 걸러서 계집 하나씩을 수청들이는데······"

"원, 저런······ 들이는데 어찌 되었단 말이냐?"

"그게 전부 기생이 아니라는 말씀이에요."

"그럼 뭐냐?"

"여염집 유부녀에서부터 과부까지 가리지 않아요."

"허어······ 고얀놈이로구나! 백성을 다스린다는 작자가······"

"큰소리 내지 마세요."

"왜?"

"이 말이 새나가면 중벌을 받아요."

"너가 날 믿는구나. 이 판에 나하고 한양이나 가자꾸나."

"호호호…… 누가 곧이듣는데요?"

"그건 또 무슨 말이냐?"

"대개 사내들이 한양 살림 시켜 준다고 말은 하죠. 그것은 제 육신을 주무르시는 순간뿐이에요. 지나고 나면 언제 보았냐는 듯이 싹 돌아서서 쳐다보지도 않으시는걸요."

"많이 속아 보았구나."

"풋정을 몇 번이나 빼앗겼는데요."

"모든 양반놈들이 다 그렇더냐?"

"두말 하면 잔소리지요. 번드르르한 말 속에는 다 자기 욕심뿐이더라구요."

"그럼, 우리 쌍놈들만 사는 고향으로 가서 살아보지 않을래?"

"그런 고장도 다 있어요?"

"암, 피냄새가 좀 나서 그렇지, 사람 사는 정이 풀풀 나는 곳이다."

"피냄새요? 백정들이 사는 곳인가요?"

"뭐야? 백정!"

"어머머, 왜 소리는 지르세요?"

"흠…… 아니다. 내가 딴 생각을 좀 했다. 그런 곳은 아니고 그저 고기를 잘 먹고 사니 살 만한 곳이란 뜻이지."

"거기 좀 데려다 주세요. 양반들 허세부리는데 아주

신물이 나요."

"그럴 거다."

섬옥이는 옷을 벗고 있다 보니 이 진사가 양반이라는 사실을 나중에 깨달았던지 걱정스런 눈빛이 되었다.

"그런데 나으리도…… 양반이시잖아요."

"그렇지. 그런데 나는 요새 지천으로 깔려 있는 옷만 입은 양반이 아니라 진짜 양반이니라. 하하하……"

무슨 말인지 머리를 갸우뚱하는 섬옥이었다. 그 모습이 또 앙증맞게 보였는지 이 진사의 불기둥이 덩실 춤을 추었다. 이 진사는 이불 속으로 섬옥이를 우악스럽게 끌고 들어갔다.

하룻밤을 뼈가 삭도록 질탕하게 논 두 사내는 늦은 조반을 먹었다. 곧이어 통인 하나가 와서 상목 스무 통 묶은 것을 내놓았다. 조 감사의 선물이었다.

"이만하면 되겠소?"

이 진사가 김 생원을 보고 옆구리를 쿡 찔렀다.

"그만하면 천리 강산도 구경할 수 있겠소."

둘이서 만족하게 눈빛을 나누는데 감사가 친히 나왔다.

"그래 기어코 평양으로 떠날 작정이시오."

"사또의 은혜는 우리가 잊지 않으리다."

"별말씀을…… 해주에도 명승으로 석담구곡부터 여러 구경거리가 있소이다. 그러니 하루이틀이라도 더 묵으시면 내가 친히 안내해 드릴텐데."

"평양 기생이 보고 싶어서 빨리 가야겠습니다."

"평양 기생에게 빠지면 몇 달이고 평양에 늘어붙어 있어야 할텐데…… 하하하."

"기생 부비를 뒤에서 댈 사람이 있어야지요."

"그야 평안 감사가 있지 않소."

"무슨 말씀을, 한양 이조 판서한테 뒤 봐달고 하지요."

으하하하!

셋이 함께 웃었다.

두사람이 떠날 때도 조 감사는 멀리 익산역말까지 포교 두 사람을 딸려 보내주었다.

익산역말을 조금 지나서 사냥꾼 두서넛이 멀리서 이 두 사람을 보았다. 사냥꾼들은 높은 뒷산에 호랑이 덫을 놓아 둔 것을 확인하고 오는 길이었다. 이들은 이 진사 일행이 가는 것을 보고 멀찌감치 길을 비켰다가 다시 걸었다. 그 중 늙은 사냥꾼이 입을 열었다.

"난 꼭 한양 양반인 줄 알았구먼."

"글쎄 말이에요."

"흑석골 대장이 친히 나온 것을 보면 아마 큰 사건이래도 벌어진 모양이지."

"그런데 왜 양반 행색들을 했을까요?"

"그 꿍꿍이를 우리가 알겠나."

"키 작은 치는 누구지요?"

"그걸 아직 모르나? 그 사람이 꺽정이 오른팔 노릇을 하는 그 유명한 서림이란 자야! 그 자가 온갖 꾀는 다 부리고 있지."

사냥꾼들이 감영에 들어가서 사실을 고해 바친·것은
물론이다.

　　그렇지 않아도 감사는 나그네들을 보내놓고 아무래도
그들의 행동에 미심쩍은 데가 있어 이방 비장을 불렀다.

　　"그 사람들이 정말 이판 댁 친척들이냐?"

　　마침 이방 비장이 사냥꾼들의 전갈을 들은 직후여서
대답을 하지 못하고 우물쭈물했다.

　　"그것이…… 저……흑석골 임꺽정이 일당들이라고 합
니다."

　　순간, 얼굴이 창백해진 감사가 간신히 기둥을 붙잡았
다. 기절초풍하는 기색이었다.

　　"어떻게 그런 일이…… 이 일을 어찌하면 좋겠나."

　　"……"

　　"좋은 도리가 없겠나? 군사를 시켜 쫓아가 잡을까?"

　　"그건 안 됩니다. 잡히지도 않지만 이런 일은 모르는
척 하는 것이 상책입니다."

　　"그래도 평안 감사에게는 알려야 하지 않겠나?"

　　"그것도 좋지 않습니다요. 소문 나서 사또께 이로울
것이 하나도 없습니다. 그저 똥을 밟으셨다고 생각하시
는 수밖에요."

　　"평안 감사가 불쌍하지 않은가."

　　"……"

　　감사와 이방 비장이 대책없이 어쩔 줄 모르고 있었다.

　　황해도 관하에서 말할 수 없는 대우를 받은 두 사람은
발걸음이 그렇게 시원할 수가 없었다. 게다가 조 감사가

친히 써 준 편지는 이 후로도 긴요하게 써먹을 수 없었
다.

'시임 이판 대감의 인척되시는 분들이니 각 고을 원들
은 특별히 이분들을 후대하고……'

먼저 황주읍에 가서 이 진사와 김 생원은 편지를 내밀
었다. 그러자 원의 머리가 구십도로 꺾이면서 극진한 대
접을 해주었다.

두 사람은 넉넉한 대우를 받고 다시 평양길을 재촉했
다.

부른 배를 두드리던 김 생원이 입을 열었다.

"평양 기생이 보고 싶지 않습니까?"

"말해 무엇하오. 평양이 본래 색향이라면서요?"

"남남북녀(南男北女)라는 말이 있듯이 평양의 색향은
옛날부터 유명한 곳입니다."

"평안 감사는 호강에 겨운 사람이군."

"그렇지 않아도 호강 감사로 유명하지요. 후궁 삼백
명은 노상 거느리고 있으니까요."

"후궁이 삼백?"

"수청을 마음대로 들일 수가 있으니 그게 후궁이 아니
고 무엇이겠습니까."

"사내로서는 부러운 일이구먼."

"그뿐이 아닙니다. 감사가 직접 관할하는 관기(官妓)
가 그러하고 그 밖의 사상(私商)들이야 말로 다 못하지
요."

"삼천궁녀를 둔 셈이군…… 제왕이 부럽지 않은 팔자

야."

"제왕은 어디 그런 자유가 있나요."

"그러고 보니 제일 실속있는 감사로군."

"그런 평양 감사를 한번 털자는 거지요."

"신명나는 일이야."

두 사람은 평양으로 통하는 대로를 가면서 웃고 있었다.

저 높은 곳의 깃발

"저게 바로 평양성인가?"

"고구려 천년의 도읍이었지요. 어떠십니까?"

"천년 도읍지로 그만하면 웅장하군, 그래."

"그럼은요. 불함문화(不咸文化)의 발상지라고 할 수 있습지요."

"불함문화가 무엇이오?"

"불함산이 백두산 아닙니까요. 그 산을 중심으로 한 한민족 문화란 말입니다."

"옛날에는 우리 나라의 백성도 대단했다면서?"

"대단하다마다요. 한때에는 대국에까지 힘깨나 뻗었죠."

"이제 우리가 한번 해봐야 겠군……"

두 사람은 평양성 안으로 들어가 북문 거리의 객사에 짐을 풀었다. 짐이래야 상목바리와 나귀 두어 마리뿐이었다.

객사에서 잠을 자고 난 두 사람은 곧 감영 안으로 한 장의 편지를 들여 보냈다. 동봉한 종형 대감의 편지는 그 집 사정을 손바닥처럼 알고 있는 김 생원이 그럴 듯하게 꾸며 쓴 것이다.

'사또 안녕하시오.

추풍을 타고 평양의 천년 고도를 구경차 왔습니다.

종형 대감의 편지 한 장도 동봉합니다.

　　　　　　　　한양 이 진사 동 김생원 배'

얼마 지나지 않아 감영에서 곤두박질치듯이 사람이 나왔다. 그리고는 정중하게 두 사람을 선화당으로 모시고 갔다.

평양 감영 안은 눈이 뜨이도록 호화찬란했다. 여기저기 사치를 부린 것이 금세 눈에 들어왔다.

감사는 그날 밤으로 두 사람을 위한 큰 잔치를 베풀었다. 평양 유사 이래의 큰 잔치였다. 예상 외의 규모로 벌어지는 잔치에 두 사람은 어리둥절하여 술잔만 기울였다.

평양 감사 유목은 아첨하는 솜씨가 능수능란했다.

"대감은 무고하시고 집안은 두루 평안하시지요? 한번 봉물은 올렸사온데 받으셨는지 궁금합니다."

"집안은 덕분에 편합니다만 무슨 봉물입니까?"

"호피와 수달피, 청서피하고 또 그 후에 올린 것은 중국 비단과 패물들이었지요."

유감사는 자랑이 그득 실린 목소리로 어깨를 추켜 세웠다.

"아, 그것 말씀이군요. 별지 편지에 그 얘기가 없습디까?"

"워낙 대범하신 어른이시라…… 그리 사사로운 말씀은 찾아볼 수가 없었습니다."

"저희들 보고 가거들랑 물건들은 잘 받았다고 말씀드리라고 합디다만은……"

"아, 그러셨구나……"

유목은 만면에 웃음을 띠우고 두 젊은이를 접대했다. 술이 무르익어 갈수록 화기애애한 분위기가 감돌았다.

"우리 트고 지내는 게 어떻겠소."

유 감사의 말이었다. 유 감사는 아직 사십이 될까말까 한 풋내기였다.

"전주 이씨가 유 서방하고 트고 지내기가 어렵지만 한번 해보지…… 하하하."

"경주 김씨가 유 서방하고 트고 지내기가 좀 창피하지만 감사 자리를 봐서 그렇게 해줌세."

으하하하!

술이 얼큰해진 세 사람은 호탕한 웃음을 터뜨렸다.

"색향에 왔으니 색이 빠질 수 있겠나?"

유 감사가 호기롭게 두 사람을 쳐다보았다.

"색 싫다는 사람 아직 못 보았지."

트고 지내기로 한 이상 체면치레 할 필요 없다고 생각한 김 생원이 흔쾌히 대답했다.

"여봐라, 기생 불러라."

"기생 부르랍신다."

통인이 다시 받아 외친지 얼마 지나지도 않아 대령했다는 말이 들렸다. 두 사람은 서로 술을 따라주며 여유를 부리고 있었다.

이윽고 문이 열렸다. 도대체 이게 무슨 일인가! 평생에 한번 볼까말까한 구경거리였다.

두 사람은 자신들의 눈을 의심했다. 방문 바깥으로 헤아릴 수 없이 많은 기생들이 대령해 있었기 때문이었다. 이 진사와 김 생원, 이 두 사람을 모시기 위해 기생들이 시커멓게 모인 것이다.

두 사람은 딱 벌어진 입을 다물 수가 없었다. 기생들은 어찌나 사뿐사뿐 걸었는지 인기척도 없이 모여든 것이었다.

"와! 이게 도대체 몇 명이오?"

"배, 백 명은 되겠는데……"

"아니, 이백 명은 되겠어……"

기생들은 모두 다소곳이 고개를 숙이고 선택되기만을 바랄 뿐이었다. 이 진사와 김 생원의 찬사는 계속되었다.

"아무리 색향이라고 하지만……"

"나도 기생은 좋아하지만 아주 질리는구먼."

유 감사는 두 사람을 보고 흐뭇한 표정을 지었다. 마

치 자신의 배짱을 알았느냐는 투였다. 두 사람은 어리둥
절할 뿐이었다.

"혹시 모자르시지는 않는지요."

"별말씀을……"

"어쨌든 오늘 저녁엔 제 나름대로 성의를 다 하려고
합니다."

"아무리 성의도 좋지만……"

"기생을 부를 수 있는 한도 내에서 대령시켰소이다.
혹시 내 성의가 부족하다고 흉보지나 마십시오."

"자꾸 그런 말 마십시오. 무섭습니다그려. 저희는 그저
과분한 영광으로 몸 둘 바를 모르겠습니다."

"자, 그럼 오늘 밤 부담없이 놀아 봅시다. 기생이 백여
명이 있으니 그 중에 혹시 한양 기생보다 좋은 미인들도
더러는 있을 것이오. 사양치 마시고 말씀만 하시면 수청
을 들라 하겠습니다."

이 말을 들은 김 생원이 이 진사를 장난스럽게 바라보
더니 입을 열었다.

"우리 이 진사는 이번 행차에 절대 계집을 보지 않겠
다고 하늘에 맹세한 걸로 알고 있소."

"그게 무슨 말씀입니까?"

"사주에 여난수(女難數)가 있다고 하더이다. 자칫 여
자 때문에 수난을 당할 수가 있다는 거지요."

"사주가 뭐 대수입니까? 그게 다 세월이 편치 않을 때
유행하는 거지요. 지금처럼 살 만한 세상에 뭐 그런 걸
다 믿고 그러십니까?"

"그뿐 아니라 우리가 떠나올 때 종형 대감이 특히 북관과 관서는 색향이라 여색을 조심하라고 당부하셨습니다."

"그거야 후배를 아끼시는 마음에, 젊은 사람들에게 하는 웃어른의 도리이지 딴 뜻이야 있을라구요."

"하여간 이 진사는 여색을 가리신답니다."

김 생원이 이 진사를 변론하듯 말하자, 유 감사는 뒤통수를 긁적거렸다.

"원, 이 많은 기생 가운데 하나라도 골라야지. 그래, 계집 싫다는 사내가 어디 있단 말이오."

촛불이 휘황하게 번득이는 선화당 정청은 풍류가 어우러지고 술이 무르익었다.

"오시다 해주에 들리셨소?"

"조 감사의 호의를 많이 입었습니다. 그런데 또 이렇게 평안도 사또의 성의를 보니 불안하기만 합니다."

"원, 별말씀을 다하십니다."

"......"

"괜찮으시다면 한두 달 평양에 머무르시면서 관서 일대의 절경을 샅샅이 구경하고 돌아가시지요."

"왜, 기생방 부기까지 대시려우?"

"아, 그쯤이야…… 어려운 일이 아니지요."

"이제 관폐 끼치고 싶지 않습니다."

"하지만 사람이라는 게 가는 정이 있어야 오는 정도 있는 법 아니오."

유 감사는 어떻게 해서든 두 사람이 자신의 호의를 알

아주기를 바랬다.

"하여간 이 진사의 철석같은 마음을 돌릴 만한 기생이
있어야 할텐데……"

감사가 문득 생각난 듯 무릎을 탁쳤다.

"정향이 거기 있느냐!"

곱상하게 생긴 기생 하나가 다가오자, 감사가 귓속말
로 소곤거렸다. 그러자 기생의 얼굴이 홍당무가 되어 묘
한 미소를 흘렸다. 그 미소가 또한 오금을 저리게 할 만
큼 여자다운 냄새를 풍겼다.

"알겠느냐?"

"네에……"

기생의 이름은 정향이었다. 옛날 양녕 대군의 그 정향
(丁香)이와 똑같은 이름이었다. 이 진사 앞으로 다소곳
이 다가와서는 정갈하게 절을 하고 술잔을 올렸다.

"정향이라 하옵니다."

"그럼 내가 양녕 대군이 되겠구나…… 하하하."

"글자는 같습니다만 인물이야 이렇게 변변치 못합니
다."

"옛날 정향이를 보지 못했다마는 그보다 나을 것 같은
데."

"감사합니다."

살풋이 띄우는 품위있는 미소가 옛날 정향이만 못하지
않았다. 이 진사는 흐뭇해지는 마음을 숨길 수가 없었다.

"그래, 날 녹일 작정이냐?"

"……'

"오늘 저녁 수청들라 하시더냐?"

"……"

"너만하면 내 복에 겹지만 몸이 고단하니 어떻게 하니. 게다가 중요한 것은 내가 색을 통 모른다는 거야."

"……"

정향은 말 대답을 전혀 하지 않았다. 하지만 호소하는 듯한 깊은 두 눈이 이 진사를 속속들이 꿰고 있는 것 같았다.

이 진사는 감사와 김 생원에게 술을 따라주며 몇잔을 연거푸 털어 넣었다. 이 때 감사가 입을 열었다.

"그만 놀이는 파하실까요? 아이들이 변변치는 않습니다만 생각이 계시면 모시라고 명하겠습니다."

김 생원은 이 진사를 보고 설득하는 듯하면서 유 감사를 치켜세웠다.

"아무리 지엄한 당부를 들었지만 이토록 유 감사가 정성을 다하시고 색향에 와서 여색 싫다 하는 것은 예의가 아닌 것 같소이다."

김생원이 감사의 귓속에 뭐라고 속삭이자, 감사의 입이 함지박만하게 벌어졌다.

"그러면 그렇게 하셔야지요."

"저는 이만 피곤해서……"

이 진사가 슬쩍 일어나 나가자, 유 감사는 당장 정향이에게 눈짓을 주었다. 그러자 정향이 이 진사를 바로 따라 나갔다.

이 진사는 정향이를 보고 당장이라도 달려들고 싶었지

만 꾹 참았다.

"네가 평양 일등 명기냐?"

"……."

"기생이 쫙 깔려 있었지만 진짜 보물은 숨겨 놓았을 것 같기에 김 생원이 꾀를 낸 것이다. 너를 보니 잘했다는 생각이 드는구나."

"정말이세요?"

"내가 고자가 아닌 이상 어떻게 너같은 평양 제일의 미인을 몰라 보겠느냐."

이 진사가 진심으로 칭찬을 하자, 정향이도 무척이나 좋아했다.

"저희 집으로 모실게요."

"그것 고마운 말이구나."

이 진사는 정향이와 나란히 서서 달밝은 평양의 거리를 걸었다. 공기도 시원했지만 절색의 미인과 걸으니 운치가 이만저만이 아니었다.

이윽고 정향의 집에 당도해 방문을 여니, 몽롱한 여자의 향기가 이 진사의 몸을 휘감았다.

"오늘 밤을 세워볼까?"

"저도 그러고 싶어요."

"그 대신 우리 몸에는 손대지 말기로 하자."

그 말에 정향이 대번에 실망해하는 눈치였다. 곧이어 똑 부러지는 목소리로 야무지게 말했다.

"웃으실지 모르겠지만 기생방에도 법도가 있습니다. 아무리 피곤하셔도 기생방 예의 중에 그런 법은 없습니다.”

“그렇구나. 내 미처 몰랐다.”

“……”

“농담이었니 신경쓸 필요 없다.”

“……”

“화가 났니? 이리 가까이 와서 귀잡고 뽀뽀나 한번 하
자.”

이 진사의 우스꽝스러운 표정에 정향이 웃음을 톡 터
뜨렸다.

“계집이란 사내 없이는 못견디는 법이지.”

“사내는 계집 없이 견디구요?”

“흐흐흐…… 그래, 평양 기생들의 사내잡는 기술이 무
엇이냐?”

“첫째가 노래구요, 둘째가 춤이지요.”

“세째는 무엇이냐?”

“시문(詩文)에도 능하지요.”

“그뿐이냐?”

“능하고 능한 것 가운데 진짜가 하나 있지요.”

“그것이 궁금하다.”

“달밤…… 야월 삼경에 지아비 부르는 게 능란하지요.
호호호……”

“깜찍한 것…… 허허허.”

“옛날에 우리 기생 조상들이 다 써먹은 찌꺼기인걸
요.”

“내 마누라 노릇 할 자신이 있느냐?”

"나으리가 죽으라시면 죽는 시늉은 할 수있어요. 맘에 없는 남자에게는 그렇지도 않구요."

"내가 맘에 있느냐?"

"⋯⋯"

정향은 부끄러운 듯 대답 대신 맑게 눈을 뜨고, 고개를 끄덕 끄덕 해보였다.

"감사 사또께서 저 양반한테 수청들겠냐고 하기에 살짝 나으리를 쳐다보았지요. 그 때 첫눈에⋯⋯"

"그 때 온몸이 찌릿하더니만 너 때문이었구나."

"너무 하셔⋯⋯ 나으리는 한양서 오셨어요?"

"한양도 집이 있고 시골도 집이 있으니 잘 모르겠구나."

"부자시네요."

"내 소실 노릇하지 않을래?"

"⋯⋯"

"날 따라 가자구나."

"서방님이 좋긴 해도⋯⋯"

"평양에 정든 기둥서방이 있는 모양이지?"

"이쑤시개 서방도 없어요."

"정말이냐? 그럼 가자."

"어디로요?"

"큰 산으로 들어가자."

"뭐, 도적놈인가요."

정향이 무심코 내뱉은 말에 이 진사의 가슴이 섬짓했다.

"도적놈이면 어떠냐."

"……"

"허가있는 도적놈들이 더 무섭지."

"그런 도적도 있나요?"

"감사나 원이 모두 도적놈들이 아니고 무엇이냐. 그놈들은 세력있는 사람에겐 날 잡수 하고, 힘없는 사람들껀 모조리 착취하고 권세부리고…… 그것이 도적이지 무엇이냐."

"그 말씀이 맞아요."

"그러니 그들을 벌하는 도적들이 더 낫지 않겠니? 도적들 있는 곳으로 가지 않을래?"

"그럼 도적들이세요?"

"양반도 아니고 도적도 아니다만, 의인(義人) 소리는 후세에 들어야지."

비장한 표정으로 이 진사가 말했다. 정향은 무슨 소리인지는 몰라도 보통 남자는 아닐 것이라는 생각을 했다.

멍해 있는 정향의 얼굴이 어느새 이 진사의 솥뚜껑같은 손안에 파묻혀 있었다. 이 진사는 장난스러운 표정으로 안면을 싹 바꾸고 빙글빙글 웃고 있었다.

"내가 기생방의 예법을 영 잊을 뻔했군."

이 진사가 정향의 가는 허리를 불끈 들어서 자신의 무릎 위로 안았다. 볼수록 천진하고 귀여웠다. 평생 나쁜 생각은 해보지 않았을 것 같은 관상이었다.

이 진사는 두꺼운 입술로 발그레한 정향의 볼에 입을 쭉 맞췄다.

"아무래도 너무 아깝구나……"

"네에?"

정향은 토끼같은 눈으로 깜박깜박 이 진사를 쳐다보았다. 그 모습이 어찌나 탐스러운지 이 진사는 으스러져라 껴안았다.

"아무래도 기생방의 법을 뒤로 미뤄야겠다. 우리 산으로 가서 첫날밤을 맞자구나."

진지한 이 진사의 말에 정향이는 고개를 푹 숙였다.

"저는 그저……"

이 진사가 정향의 입에 손가락을 대고 막았다.

"아무 말 말거라. 오늘은 아무래도 그냥 자야겠다."

이 진사는 정향의 머리에 팔베개를 해주고는 잠에 골아 떨어졌다.

장사의 고향

그 이튿날, 유 감사가 대동강 부벽루 위에 두 사람을 위해 큰 잔치를 베풀었다. 부벽루 현판에는 제일강산(第一江山)이라 씌어 있었다.

"이 곳 천년 도읍에서 영웅호걸이 오죽 많이 태어났습니까? 동명성왕을 비롯해서 연개소문, 그 밖에 고구려의 내노라하는 인물들까지…… 오늘날엔 아직 그 대를 잇지 못하고 있지만 강산이 이토록 수려하니 놀라운 인물이 곧 나오겠지요."

유 감사는 마치 자신이 대를 이을 사람인 양 자랑스럽게 말했다.

"우리 이 진사는 문관이로되 힘이 천하장사지요."

김 생원이 영웅호걸 얘기가 나오자 이 진사를 은근히

자랑했다.

"아무리 장사라도 신 첨사 만큼이나 기운이 세실라구요."

"신 첨사라는 양반이 얼마나 기운이 세셨소?"

"그게 바로 을축년이었는데 하루는 병조 판서로 유명한 유전이란 분이 행차하고 계셨습니다. 그 때 신 첨사가 길을 잘못 비켜 맨 앞에 선 우람한 기수에게 멱살을 잡혀 얻어맞았지 뭡니까. 그 때 신첨사가 다시 돌아서면서 기수를 거꾸로 들어버렸지요."

"어이구, 웬만한 힘이 아니군, 그래."

"그 기수를 공중에서 공 돌리듯 하다가 논 시궁창에 메다 꽂아 버렸지요."

"행패를 부렸으니 신 첨사가 야단났겠구려."

"그 반대올시다. 통이 큰 병조 판서가 후에 임금님에게 말해 대번에 선전관이 되었지요. 그러다가 하루는 차일 기둥이 넘어가려고 했지 뭡니까. 거기에는 임금님이 계셔서 위기일발이었지요. 그래, 장정 십여 명이 달려들어도 되지 않던 차일 기둥을 혼자서 꿋꿋이 버티더랍니다."

"장사는 장사군요."

"천하장사지요."

이 진사는 아무 말도 하지 않았다. 속으로는 그것이 뭐 천하장사냐고 반문하고 싶었지만 흥분해 있는 유 감사를 보고 말을 삼켰다.

김 생원이 그 눈치를 보고 유 감사에게 제의했다.

"우리 이 진사 힘 구경 한번 시키구려."

"기운이 있어 보이긴 하오만……"

"뭐, 뚝심이 대단치는 않습니다만……"

이 진사가 기다렸다는 듯이 한마디 하고는 벌떡 일어났다.

"저 나무를 한번 뽑아 보시구려. 그러면 증명이 될테니."

유 감사가 가리킨 것은 보통 사람은 어림없는 굵기의 박달나무였다.

"그것쯤이야 …… 하려면 저 정도는 해야죠."

술이 얼큰한 이 진사가 발견한 나무는 거의 반아름드리 소나무였다. 주변에 사람들이 눈을 의심할 정도였다. 이 진사가 미치지 않았나 하고 얼굴을 훑어 보는 사람까지 있었다.

"이 진사, 술이 과하셨소. 다치기 전에 농담으로 알아듣겠소이다."

"힘은 별로 없지만 한번 구경거리나 만들어 보지요."

말리던 유 감사는 물론이고 기생들과 하인배들까지 숨을 죽이고 바라보았다. 이 진사는 도포도 벗지 않고 팔소매만 쓰윽 한번 걷어부쳤다.

이 진사는 그저 준비하는 동작도 없이 나무를 계집 안듯 덥썩 안고는 끄응 한번 힘을 썼다.

뿌드득! 찌지직!

이 진사의 미간에 주름이 깊게 패였다. 놀라운 일이었다! 소나무의 속 뿌리까지 흙을 털고 덜렁 들려 버리는

것이었다.

잠시 동안 주변은 쥐죽은 듯 고요했다. 사람들은 말을 잊고 입만 벙하게 벌리고 있었다.

"오! 놀라운 장사구려."

유 감사가 이 진사를 새삼 다시 보았다. 마치 이세상 사람이 아니라는 투였다.

그 때 정향이가 아장아장 걸어 나오며 이 진사에게 술잔을 권했다. 이 진사는 정향이 따라준 술을 맹물 마시듯 벌컥 벌컥 마셨다.

"나라에서도 이만한 장사가 있다는 것을 모를거요."

"글을 버리고 아마 칼을 찼으면 빨리 이름을 얻었을 것을……"

김 생원과 유 감사가 칭찬을 아끼지 않았다. 이 진사는 그저 해죽거렸다.

유 감사가 이 진사를 자꾸 이상한 바라보았다. 거기에는 감탄도 있었지만 미심쩍은 기분도 떨칠 수 없었기 때문이었다.

게다가 자세히 보니 이 진사의 눈이 보통 양민의 눈이 아니라는 것을 눈치챘다. 말수가 적어진 유 감사는 아랫도리에 힘이 빠지면서 자꾸 꽁무니를 뺄 생각만 하고 있었다.

"저 자가 우리 정체를 눈치 챈 모양입니다."

"손까지 떠는 것 보니 아무래도 그런 모양이오. 그러다면 망신이나 한번 주고 갑시다."

어느새 이 진사와 김 생원이 입을 맞추었다. 두 사람

은 갑자기 안색이 돌변해 벽력같은 고함을 질렀다.

"이봐라! 내가 누구인지 아느냐."

"……"

"내가 바로 흑석골 임꺽정이다."

감사는 얼어붙은 몸으로 주춤주춤 뒷걸음을 치더니 이 방의 부축을 받고 말을 타고 꽁지가 빠지게 달아나 버렸다.

그뿐아니라 기생과 하인들도 지진을 만난 듯이 허둥대며 도망치기 바빴다.

"우하하하!"

두 사람의 호쾌한 웃음 소리가 부벽루를 울렸다.

"날 버리고 못가셔요."

기생들은 모두 도망가고 정향이만 남아 있었다. 미소를 가득 띤 정향이 이 진사를 향해 사뿐사뿐 걸어왔다.

"마음을 정했구나. 내 그럴 줄 알았다."

꺽정이와 정향이, 그리고 서림이 배 한 척을 타고 대동강을 건넜다. 그 때 평양 부중은 발칵 뒤집혀 있었다.

"대적당이 부중에 들어 왔다던데."

"이 사람아 그것이 바로 흑석골 임꺽정이래."

"감사의 친구로 와서 술까지 먹었다니 대담한 놈이지."

"아마, 임꺽정의 배포로는 왕 앞에서도 그럴 사람이야."

"아무리 그래도 평양 한가운데서 사또를 희롱하다

니…… 우스워서."

"중이 국모(國母)를 간통하는 판이니 여기라고 별수 있겠어."

세 사람은 평양 부중을 벗어나 해주를 향했다.

"정향이 거북하지 않소?"

"아닙니다. 이렇게 안고 달리시면 한달을 달려도 좋겠는걸요."

꺽정이 탄 말안장 앞에 정향이 타고 있었다. 그 옆으로 서림이 따랐다.

두 필의 말은 남쪽으로, 남쪽으로 달렸다. 순식간에 평양과 해주 사이를 달리고 있었다.

"평양 부중이 얼마나 야단을 떨고 있을지는 안 봐도 눈에 선합니다."

"소란스러울 거야."

"병첩에 싸우지 않고 이기는 것을 최고로 치는데 바로 우리가 그런 것이지요. 이른바 부전승이지요."

"부전승이라……"

"가만히 앉아서 황해 감사와 평안 감사의 목을 자르게 되었으니 확실한 승리지요. 한 도(道)의 우두머리가 관서대적 임꺽정이와 자리를 같이해 술을 마시고 기생놀이를 했으니, 그 사실을 임금이 알면 그냥 두겠습니까."

"하하하……"

"이런 일은 소문 또한 빠르지요. 그렇게 되면 임금뿐이 아니라 판서 대감인들 그냥 두겠습니까."

꺽정은 기분이 말할 수 없이 좋았다. 승리도 승리지만

절색의 미인까지 안고 가니 절로 흥이 날 수밖에.

"하여튼 서 종사의 공이 컸소."

"황공합니다."

어느덧 해주 감영이 바라보였다.

"벌써 여기까지 왔구만."

"천리마가 부럽지 않은 일등 준마들입니다. 유 감사가 엉겁결에 제 말을 버리고 딴 말을 타고 간 덕분이지요."

"유 감사도 좀 덜된 얼치기였어."

"호색하고 포악하고…… 그런 자들이 전부 관원이니 나라가 되겠습니까?"

"바로 잡을 때가 있겠지."

"너무 때를 기다려서도 안 됩니다. 스스로 만들어야지요."

"흠……"

"그리고 사람을 모아야 합니다. 산채도 넓히시구요."

꺽정은 서림의 말에 귀를 기울였다.

멀리 노을이 지고 있었다. 붉은 기운이 매혹적인 정향의 얼굴에 빛을 드리우는 듯싶더니 소슬바람이 흩어진 정향의 머리를 휘날렸다. 참으로 아름다운 그림같은 여자였다.

꺽정은 미인과 제갈공명을 자신의 지척에 두고 있는 것이 너무도 뿌듯했다. 잠시 정취에 취해 있을 때 서림이 입을 열었다.

"해주나 봉산 쪽보다, 안전한 송탄 주막거리까지 가는 것이 좋겠습니다."

세 사람은 송탄 주막 거리를 향해 다시 말을 달렸다. 한참을 달렸다. 워낙 좋은 말들이라 생각보다 빨리 닿을 것 같았다.

"송탄 주막 거리고 뭐고 달밤을 새도록 가면 흑석골까지도 갈 것 같습니다."

"그렇다면 내친 김에 달려 봅시다."

밤은 더욱 깊어가고 휘영청 달이 밝았다. 세 사람은 이런저런 얘기로 웃음꽃을 피우고 있었다. 큰 영마루 위에 당도하였는데, 그 곳은 적막한 깊은 숲 속이었다. 무서운 게 하나 없는 세 사람이었지만, 워낙 숲이 울창해 가슴이 서늘해졌다.

"저게 뭐예요?"

정향이가 어두운 숲 속을 손가락으로 가리켰다. 순간, 꺽정이와 서림이는 아무 말도 할 수 없었다. 서림이의 마른 침 넘어가는 소리가 귀청을 때릴 지경이었다. 정향의 손 끝은 달빛보다 더 밝은 화경(火鏡)을 가리키고 있었다. 불이 활활 타고 있는 휘황찬란한 두 눈이었다.

"쉿! 산군(山君)이군."

담력이 큰 꺽정으로서도 갑자기 나타난 호랑이를 보니 간담이 서늘했다. 불같은 두눈이 어둠 속에서 꼼짝 않고 이쪽을 노려보고 있었다.

"엄마…… 어떻게……"

정향이 말도 제대로 못하고 겁에 질려 바들바들 떨기 시작했다.

"산군을 어쩌지요?"

"글쎄…… 우리가 해치지 않으면 저도 잠잠할 줄 모르지."

"그러다가 달려들어 뒷덜미라도 물어 채면요."

두 사람이 목소리를 낮추어 소곤대고 있었다. 그 때 정향이의 찢어지는 비명이 두 사람을 화들짝 깨웠다. 호랑이가 이쪽으로 움직였던 것이다.

말들이 크게 울부짖으며 흥분하기 시작했다. 꺽정이 먼저 날쌔게 내려 호랑이를 경계하며 말들을 진정시켰다.

"저렇게 큰 호랑이는 내 평생 처음 봅니다."

서림의 목소리가 떨리고 있었다. 아무리 머리가 좋아도 힘 이외에는 대책이 없는 상황이었다. 달빛에 반사된 호랑이의 등덜미는 한없이 길고 컸다.

호랑이의 움직임에 따라 양쪽 고삐를 틀어 쥔 꺽정의 발걸음도 긴장했다.

"굶은 산군이시네."

"처치하지 않으면 모두 몰살시킬 눈빛인데요."

"산신령이 노여워하지 않을까……"

"우리를 몰라보는 산신령인데 헛되게 목숨을 버릴 수 있나요. 산신령은 무시해 버리죠."

정향은 사시나무 떨 듯 두려워하고 있었다. 거의 기절하기 일보직전이었다. 아무리 거친 사내들을 만나보았지만 여기에 비하면 그야말로 아이의 투정이었던 것이다.

꺽정은 장검을 천천히 빼어 들었다. 그리고는 조용히 말의 고삐를 놓고 떨어지게 했다. 숨막히는 순간이었다.

꺽정은 여차하면 달려들지 모를 호랑이와 눈싸움을 하며 경계하고 있었다.

말들이 움직이는 순간, 산군의 눈에서 불꽃이 튀었다. 꺽정은 멀어지는 정향이를 보고는 안심하라는 듯 씨익 웃음을 지었다.

그 때 산군의 눈을 놓친 것이었다. 번개치듯 짧은 순간이었다. 땅이 꺼질 것같은 포효 소리와 함께 산군이 달려들었다.

아차 싶었지만 때는 늦었다. 꺽정이 날쎄게 엎드렸지만 상투가 날카로운 발톱에 쓸려 온통 풀어 헤쳐지고 말았다. 자칫했으면 머리통이 호랑이 아가리 속으로 달아날 뻔했다. 다행히 큰 상처는 아니었지만 얼굴로 피가 배어 나오고 있었다.

피냄새를 맡은 산군은 입에서 허연 침을 질질 흘리며 기회를 보았다. 무서운 호랑이였다. 크기가 큰 황소 못지 않았다.

산군은 꺽정의 주위를 어슬렁거리며 불길이 철철 흐르는 눈을 번뜩였다. 꺽정이 장검을 산군의 눈에 겨누고 있어 쉽게 달려들지는 못했다.

꺽정의 머릿속에는 오직 한 생각밖에 나지 않았다. 산군과 자신 중에 하나는 죽어야 끝나는 싸움이라는 것을……

"어흥! 크르르르."

"에잇! 에잇!"

산군의 포효 소리와 꺽정의 기합 소리가 계곡을 뒤흔

들었다. 꺽정이 칼을 휘두르며 달려들면, 호랑이는 무서운 아가리를 벌리고 마주서서 달려들었다. 그야말로 혈전이었다. 짙은 숲 속의 밤은 오직 한마리의 호랑이와 한 사람만이 살아 있는 것 같았다.

정향과 서림은 이 무서운 광경을 식은 땀을 흘려가며 바라보았다. 꺽정의 손에 세 사람의 목숨이 달려있는 것이었다.

"사람이 호랑이인지, 호랑이가 사람인지 분간이 안 되요……"

"둘 다 놀라운 적수로군……"

시간이 갈수록 이 기이한 난투극은 끝날 줄 모르고 처참해져만 같다. 산발을 한 꺽정의 얼굴과 거품을 물고 씨근덕거리는 호랑이였다.

그 후로도 시간이 어지간히 흘렀다. 달려들면 피하고, 피하면 달려들고…… 호랑이도 사람도 거의 지친 듯했다.

한 순간, 꺽정과 호랑이가 눈싸움이 시작됐다. 아무 움직임도 없었다. 여차하면 마지막 사력을 다해 뛰어들 태세였다.

"어흐흥!"

산골이 내려앉는 소리가 귀청을 때렸다. 순간, 꺽정이의 기합 소리가 하늘을 뒤흔드는 찰라, 장검이 번쩍 공중을 갈랐다. 서로 등을 지고 호랑이와 꺽정이 멈춰섰다. 소슬바람이 휘익 솔가지를 휘몰아 갔다.

"흐흥…… 흥!"

호랑이가 마지막 포효 소리를 내지르고는 나동그라졌다. 꺽정이 뒤돌아 서서 범의 가슴에 장검을 다시 한번 깊게 박았다.

"크윽……"

호랑이가 사지를 부들부들 떨더니 축 늘어져 버렸다. 꺽정이 짧게 목례를 하는 듯 고개를 잠깐 숙이고는 조용히 칼에 묻은 피를 풀숲에 씻었다. 이로써 야밤의 대혈투가 마감되었다.

정향이 뛰어나와 꺽정이 품에 안겨 이곳 저곳 입을 맞추었다. 서림도 꺽정을 우러러보며 칭찬을 아끼지 않았다.

"대장님이 아니었으면 우리는 모두 산군(山君)의 저녁 찬거리가 됐을 거요."

정향이는 어느새 꺽정의 상투를 다듬어 주고, 땀을 닦아 주느라 정신이 없었다. 세 사람은 모든 일이 잘 풀려 가는 것 같아 진심으로 기뻐했다.

그 이튿날, 흑석골 입구에 이르자 졸개들이 북을 치며 대장 오시는 걸 알렸다. 게다가 절세의 미인과 호랑이까지 함께였다.

꺽정이 취의청으로 오는 길에 모든 부하들이 나와 으리으리한 진용을 갖추었다. 오랜만에 돌아온 대장을 위해 풍악이 울렸고, 용맹스러운 깃발이 펄럭였다.

"이번 대장의 행차는 싸우지 않고도 황해도와 평안도를 얻은 것이나 다름없으니 큰 잔치를 벌입시다."

모든 두령들과 졸개들이 춤을 추며 좋아했다.

흑석골은 그 날부터 사흘 밤, 사흘 낮 동안 술과 고기로 파묻혔다.

〈끝〉

"오늘 우리가 이렇게 신세지는 것도 다 그 덕 아니오. 사람 사는 게 다 오십보 백보지 뭐 다를 것이 있습니까?"

기둥서방인 곽씨가 계면쩍게 웃고는 모두에게 술을 돌렸다.

한잔, 두잔 권하고 받는 중에 석양이 낀 노을은 벌써 송악산 상상봉 위에 걸려 있었다. 점심 무렵에 시작한 술로 인해 서림을 비롯해서 모두 곤주가 되도록 취해 버렸다. 취한 술은 더욱 술을 부르는 법. 한 독이나 되었던 술이 거의 다 말랐을 때는 맥을 쓸 수 있는 사람이 아무도 없을 지경이 되었다.

이쯤되자 한 사람, 두 사람 숲 속에 벌렁 누워 코를 골기 시작했다.

아랫쪽에 있던 흑석골패의 여인들도 식후에 식곤증으로 숲 속 가랑잎을 깔고 누워 잠이 들었다. 그 때 나 두령과 양 두령은 남편 있는 쪽이 궁금했다.

남정네들의 입에 술이 들어가면 끝장을 보는 것을 알고 있었기 때문이었다. 또한 다른 여인들과는 달리 두령 신분이었다는 것이 작용을 해 남자들이 있는 곳으로 향했다. 비탈진 길을 더듬어 윗쪽 놀이터가 있는 쪽으로 올라갔다.

한참 숲을 헤치고 위로 올라 가는데 난데없이 호각 소리가 귀를 울렸다.

"어딜 가시오?"

컬컬한 목소리의 젊은 놈팽이가 느닷없이 앞을 가로막

고 나섰다. 두 여인은 무예와 지혜가 출중했지만 몸에 아무런 무기도 지니지 않았고, 치마 바람인 까닭에 어떻게 해 볼 도리가 없었다. 그야말로 불의의 습격이었다.

"……"

두 여인은 아무 말도 못하고 서 있었다.

"꼼짝 말고 내 말만 들으면 무사히 보내주겠다. 그러나 만일 반항하면 내 부하들에게 윤간을 당할 테니 그리 알아라!"

한쪽 입술을 씰룩이며 많이 해본 솜씨로 거침없이 협박했다.

"내 말을 들을텐가? 안 들을텐가?"

두 여인은 야단이 난 걸 알고 주위를 먼저 살폈다. 두 여인은 눈이 동그래졌다.

이미 도망은 물 건너 갔다. 어느 틈에 나타났는지 몽둥이를 쥐고 눈을 부라리는 사내들이 빙 둘러 싸고 있었기 때문이었다.

"빨리 대답하지 못하겠어?"

"……"

두 여인이 아무런 대답도 하지 못하고 눈치만 살피고 서 있자, 칼을 든 자가 결심한 듯 휘파람을 불었다.

두 여인이 피할 틈도 없이 이십여 명쯤 되는 장정들이 일제히 달려들었다. 그들은 날쌔게 여인들의 입에 재갈을 물렸다. 그리고는 각각 열 명씩 달려들어 여인들의 사지를 단단히 붙잡고 산 아래로 번개처럼 뛰기 시작했다.

외설 **임꺽정 (5)** (전5권)

2021년 3월 10일 인쇄
2021년 3월 15일 발행

지은이 ; 마 성 필
펴낸이 ; 김 용 성
펴낸곳 ; **지성문화사**
등 록 ; 제5-14호 (1976.10.21.)
주 소 ; 서울시 동대문구 신설동 117-8 예일빌딩
전 화 ; 02) 2236-0654
팩 스 ; 02) 2236-0655   2236-2952

정 가   w14.000 원